Max Halbe

Jugend

Ein Liebesdrama in drei Aufzügen

Max Halbe

Jugend

Ein Liebesdrama in drei Aufzügen

ISBN/EAN: 9783743425217

Hergestellt in Europa, USA, Kanada, Australien, Japan

Cover: Foto ©Andreas Hilbeck / pixelio.de

Manufactured and distributed by brebook publishing software (www.brebook.com)

Max Halbe

Jugend

Max Halbe

Jugend

Ein Liebesdrama in drei Aufzügen

Siebente Auflage

Berlin
Verlag von Georg Bondi
1899

Meiner Jugend.

Sag' mir das Wort, das so oft ich gehört.
Sing' mir das Lied, das dereinst mich bethört.
Lang, lang ist's her . . . .

Die erste Aufführung dieses Dramas fand am 23. April 1893, Mittags, im „Residenztheater" zu Berlin statt.

Erste Besetzung:

Pfarrer Hoppe	Hermann Werner.
Annchen, seine Nichte	Vilma v. Mayburg.
Amandus, ihr jüngerer Stiefbruder.	Paul Biensfeld.
Kaplan Gregor von Schigorski . .	Joseph Jarno.
Hans Hartwig, ein junger Student	Rudolf Rittner.
Maruschla, Dienstmädchen	Wally Wilke.

Regie: Hans Meery.

Menschen.

Pfarrer Hoppe, Fünfziger. Untersetzte, stämmige Statur. Rundes, gerötetes Gesicht. Ein leiser Anflug von geistlicher Würde liegt über seinem Wesen, ohne jedoch ins Pastorale auszuarten. Der Haupteindruck geht auf einst strotzende, mit den Jahren gedämpfte Kraft und tief verinnerlichte Lebenserfahrung. Seine Kleidung ist die übliche des katholischen Landgeistlichen, aber bequem, lässig, mit einem Stich ins Weltliche. Auch seine Bartstoppeln entsprechen nicht streng den Vorschriften.

Annchen, seine Nichte. Sie ist 18 Jahre alt. Ihre braunen Augen sind leicht verschleiert. Das aschblonde Haar fällt kraus und wirr in die Stirn. Es ist slavischer Schlag, das Gesicht rundlich, eine warme Fülle des Wuchses, naive Sinnlichkeit, etwas Empfangendes, weich Weibliches, Hingegebenes. Auch in der Art, wie sie sich trägt, giebt sich etwas Schmiegsames, Wiegsames. Sie liebt bunte Farben. Um den Hals hat sie an einer Schnur ein kleines, goldenes Kreuz.

Amandus, ihr Stiefbruder, siebzehnjährig, lang aufgeschossen, kretinhaft, kindisch. Er vegetiert in einer Art von animalischem Triebleben. Seine tierischen Instinkte sind stark geschärft. Seine Bewegungen sind lümmelhaft und ungelenk, als wisse er mit seinen Gliedmaßen nichts anzufangen. Er sieht aus wie ein blödsinniger Bauernbengel. In seinen schwarzen Augen lauert die Tücke eines Tiers. Man muß sich hüten, ihn zu reizen.

Kaplan Gregor von Schigorski. Er steht zu Ende zwanzig, sieht aber älter aus. Er ist von mittelgroßer, hagerer Gestalt. Die Askese hat sein Gesicht frühzeitig gefurcht und vergeistigt. Er ist brünett in Haarfarbe und Ton der Haut. Sein Gesicht ist glatt rasiert. Ein bläulicher Schimmer liegt über den bartlosen Wangen. Es ist der polnische Geistliche in Haltung und Redeweise. Er spricht etwas hastig und vermeidet, wie alle katholischen Geistlichen, geflissentlich den evangelischen Pastoralton, obwohl seine Ausdrucksweise eine getragene ist. All seine Leidenschaft hat sich in dem kirchlichen Gedanken concentriert. Er ist kein Intrigant, sondern ein Fanatiker.

Hans Hartwig, ein junger Student, achtzehn Jahre alt. Sein Aussehen ist noch ziemlich grün. Er ist blond, mittelgroß, schlank, sehr lebhaft und beweglich mit Ansätzen von Nervosität und Keimen eines Schnurrbarts. In seinem schnellen und abgebrochenen Sprechen offenbart sich ein heftiger und jäh umschlagender Charakter. Alles in allem der Embryo eines modernen Stimmungsmenschen in der Verpuppung des ersten Fuchssemesters.

Maruschka, Dienstmädchen. Sie ist von dem Schlage der polnischen Landmädchen, Madonnenkopf auf einer Figur, die zur Üppigkeit neigt.

Die Handlung spielt im polnischen Westpreußen.

Erster Aufzug.

Pfarrhof in Ruszno (Rosenau). Mittelgroßes Wohnzimmer, durch dunkle, einfache Portieren von dem dahinter liegenden Salon getrennt. Aeltliche Mahagonimöbel in der Mode unserer Väter. Links vorn ein dunkel überzogenes Sofa mit vierkantigem, gedecktem Tisch und Rohrstühlen davor. Die Mitte der linken Wand füllt ein breites, nicht allzuhohes Fenster, durch welches man in den Garten sieht. Links hinten ein Schreibsekretär mit einem Aufsatz für Bücher. Dem Gartenfenster gegenüber in der rechten Wand eine Thür, welche zur Küche und weiter hinaus auf den Hof führt. Vorn links von der Thür ein mäßig hohes Bücherregal mit theologischen und historischen Schriften, gekrönt durch ein vergoldetes Kruzifix. Rechts hinten ein Wäschespind. Den Fußboden bedeckt ein dunkler Teppich. Ueber dem Sofa tickt ein Regulator. Ein Madonnenbild schaut vom Schreibsekretär herunter.

Es ist ein Tag zu Mitte April, zwischen sieben und acht Uhr Morgens. Pfarrer Vincenz Hoppe sitzt im bequemen Hausrock am Sekretär und schreibt. Ein freundliches Morgenlicht ruht im Zimmer. Plötzlich sieht er auf und hält inne. Vom Salon her treten der Kaplan Gregor von Schigorski, Annchen und Amandus ein. Der Kaplan ist im Meßornat, Annchen mit buntem, leicht kokettem Kopftuch und enganliegendem Mantel, trägt ein Gebetbuch in der Hand. Amandus hat eine polnische Mütze auf dem Kopf.

Annchen (läuft auf den Onkel zu): Guten Morgen, Onkelchen! (Küßt ihm die Hand.)

Kaplan (gleichzeitig, indem er seine Priestermütze abnimmt): Gelobt sei Jesus Christus!

Hoppe (murmelt halblaut): In Ewigkeit, Amen. (Laut.) Morgen, mein Fräulein! (Sieht nach seiner Uhr.) Spät, Leutchen! Spät! Halb acht spätestens soll die heilige Messe zu Ende sein.... Sieh mal da, Amandus, zeig uns doch mal Deine Spatzen, die Du mitgebracht hast!

Amandus (steht da, Mütze auf dem Kopf, grinst).

Annchen (geht auf ihn zu, nimmt ihm die Mütze ab): Proszą, Kochanne! Wenn man in die Stube kommt, nimmt man die Mütze ab. Wie oft muß Dir das noch predigen, Amandus! So, jetzt dem Onkel guten Morgen gesagt! Fix! (Schiebt ihn zum Onkel hin.)

Amandus (grinsend): Morgen, Onkelchen! (Küßt ihm die Hand, grinst wieder.)

Hoppe (spaßig): Morgen, Freundchen!

Kaplan (der solange schweigend am Sofatisch gestanden und zugesehen hat, lächelnd zu Annchen): Was alles in so einen armen, armen Schädel hinein muß, Panna Annuschka! O die gestrenge Herrin!

Amandus (guckt durch's Fenster): Scheint schön heute .... Schöne Sonne! (Mit Pantomime.) Warm! (Stürzt plötzlich zur Thür hinaus, streckt den Kopf noch einmal zurück, schreit grinsend): Frühjahr! Ja? .... (Macht eine fragende Pantomime, verschwindet.)

Annchen (ihm nachrufend): Ja, Frühjahr, mein Brüderchen, Frühjahr! (Vergnügt.) Weg ist der Bengel, Hast ihn nicht gesehen! ... Gnad mir Gott! Ich steh' hier, fünf Minuten vor acht und der Onkel hat noch keinen Kaffee! Geben sie mir ordentlich mein

Fett, Onkelchen! Aber der Herr Kaplan hat Schuld. Warum macht er so lange mit der heiligen Messe? (Legt Tuch und Mantel ab, während Hoppe am Schreibtisch weiter arbeitet.)

Kaplan (hat sich zum Gehen gewandt, dreht sich noch einmal um): Handeln mit unserem Herrgott, Panna Annuschka? Das heilige Meßopfer über das Knie brechen, Pannie? Wer für seinen Herrgott keine Zeit wird haben, wenn unser Herrgott auch für ihn (mit Geberde) einst . . . . . wird keine Zeit haben? . . . . Einst, Pannie!? (Wendet sich wieder zur Thüre rechts, geht langsam hinaus.)

Annchen (hinter ihm): Nicht wieder so lange lesen oben, Herr Kaplan, den schönen Kaffee nicht wieder kalt werden lassen! (Wendet sich zur Stube zurück.) Gleich kribbelig wird das Kaplanchen, wenn man etwas sagt, gleich kribbelig! (Ruft.) Maruschka! . . . Maruschka! Ist der Kaffee fertig? . . . . Maruschka! (Geht dabei wieder zur Thür.)

Maruschkas Stimme (aus der Küche): Tak, Pannie! Tak! Tak!

Annchen (ab).

Hoppe (schreibt noch einen Augenblick fort, hört dann auf, erhebt sich, geht einmal auf und ab, mit Zeichen von Ungeduld, vergleicht seine Taschenuhr mit dem Regulator).

Annchen (kommt mit Kaffeegeschirr): So, Onkelchen! Jetzt können wir aber gleich trinken! Gleich! Gleich! Gleich! (Bringt den Kaffeetisch in Ordnung.)

Hoppe (auf- und abgehend): Der gute Gregor! Es giebt doch Leute, die nie fertig werden. Aus der kleinsten Messe macht er ein Pontifikalamt! Und um garnichts. Für unsere Leute paßt doch das nicht. Da ist ein Vaterunser mehr, als die längste Predigt. Das Seminar steckt ihm doch noch sehr in den Knochen, dem guten Gregor! (Setzt sich an den Kaffeetisch.)

Annchen (am Tisch stehend): Ach, Onkelchen, er meint's ja von Herzen gut, aber er versteht's bloß noch nicht so. Mein Gott auch! Vorm Jahr seine Primiz gehabt! So wie Sie! Bald 25 Jahre Priester! Wenn ich seh', wie schnell Ihnen das geht! Eins, zwei, drei! Die Leute mögen ja auch alle lieber, wenn Sie celebrieren, Onkelchen! (Schlägt sich vor den Kopf.) Ach, ich! . . . . Kein Schmand! Auch keine Butter! (Eilig ab, nach einem Augenblick zurück mit Sahne und Butter.) Hier! So! . . . Soll ich streichen, Onkelchen? (Schneidet Brot.)

Hoppe (Kaffee trinkend): Lernen wird das der gute Gregor aber doch müssen! (Nachsinnend, halb für sich.) Morgen die Totenmesse für die Ostrowska . . .

Annchen (geht zum Fenster, öffnet es, ruft hinaus): Amandus! Kaffee! (Kommt wieder zurück, setzt sich aufs Sofa, fängt an, Kaffee zu trinken, versinkt dazwischen in Nachdenken, plötzlich): Wenn ich so denk, die Ostrowska! Die Arme! Wie schwer die gestorben sein muß! Die Würmchen so allein zu lassen auf der Welt! Ohne jemand! . . . . Ich denk immer, Onkelchen, die muß wiederkommen! Die muß keine Ruh haben im Grabe!

Hoppe: Das hat Deine gute Mutter auch gedacht. Wieviel Jahre ist das her! Ich höre das doch wie heute! Wie heute im Ohr! Das gute Kindchen! . . . Da oben, Anna . . . Da oben werden wir uns alle wiedersehn.

— 15 —

Annchen (naiv). Und man kann wirklich nicht wiederkommen? Auch nicht als Geist?..... Ach, Onkelchen?

Hoppe (wieder trinkend, leichter): Mir ist noch keiner begegnet, Anna. Ich bin 52 Jahre alt. Wir müssen uns schon mit uns abfinden wie wir sind. Ich sag' ja, wenn Deine Mutter gekonnt hätte, die hätt's gewiß gethan. Schwer genug ging sie von Euch, das kannst Du mir glauben. Aber es muß wohl festhalten .... wohl festhalten.

Annchen (nach einem Augenblick gedämpft): Onkelchen, wie hat doch eigentlich Mutterchen ausgesehen? So wie ich?

Hoppe: So wie Du! Bloß dunkleres Haar .... Und wohl etwas größer ... (Versunken.) Größer etwas ... Aber nicht viel! ... Unser Jettchen! ... Ja! ... Hübsches Kindchen! ...

Annchen: Ich kann mich immer ärgern, wenn Amandus sagt, er schlägt nach Mutterchen.

Hoppe: Amandus schlägt nach seinem Vater. Du hast ja Deinen Stiefvater noch gekannt, Anna?

Annchen: Ganz dunkel, Onkelchen! Ganz dunkel.

Hoppe: Ein stattlicher Mann, der brave Klein! Und ein offener Kopf. (Lächelnd.) Das hat unser armer Amandus leider nicht mitbekommen von seinem Vater.

Schweigen.

Annchen (leise): Und mein Vater, Onkelchen?

Hoppe (ernst): Warum fragst Du danach, Anna?

Annchen (schweigt einen Augenblick, fällt plötzlich dem

Onkel um den Hals): Onkelchen, ich muß soviel daran denken, weil heut Mutterchens Geburtstag ist.

Hoppe (erstaunt): Jettchens Gebur.... Siehst Du, Kind, wie man doch vergeßlich wird. Du hätteſt mich totſchlagen können... (Faltet wie unwillkürlich die Hände.) Sei ihr die Erde leicht!

Schweigen.

Annchen (zögernd): Onkelchen, seien Sie mir nicht böse, wenn ich Sie was fragen will.

Hoppe: Was willst Du wissen, Kind?

Annchen (zögernd): Hat Mutterchen sehr schwer gehabt, wegen.... wegen ihrer... ihrer... Sünde?

Hoppe: Laß sie in Frieden schlafen, Anna! Deine gute Mutter hat ihre Sünde gebüßt. Gott hat ihr verziehen.

Annchen: Sie auch, Onkelchen?

Hoppe (einfach): Wir tragen alle an unserer Bürde! Möge Gott uns verzeihen, wie er ihr verziehen hat! .... Warum meinſt Du?

Annchen (drängt die Thränen zurück, leise): Weil Mutterchen... so früh gestorben ist.

Hoppe: Dein Stiefvater war ein braver Mann. Er hat für Dich gesorgt, wie für sein Eigenes. Du hast ihm genug zu danken..... Sogar Deinen Namen. Aber ich will Dir sagen, Deine Mutter hat sich selbst nicht verziehen. Darum ist sie nicht alt geworden....

Schweigen. Mechanisches Kaffeetrinken.

Annchen (plötzlich): Was wär' aus uns geworden, Onkelchen, ohne Sie!

Hoppe (ablenkend): Ach so, und wegen Euch soll ich wohl noch lange leben bleiben?

Annchen (plötzlich): Wissen Sie was, Onkelchen, wenn Sie mich mal nicht mehr haben wollen, was ich dann thu'?

Hoppe (lächelnd): Na, mein Fräulein? Heiraten?

Annchen: Ich werde Schwester, ich geh' ins Kloster!

Hoppe: Wenn sie Dich nehmen, Anna! Das wirst Du Dir noch sehr überlegen, mein Kind! .... Sehr . . . sehr überlegen! . . . Damit spielt man nicht so! Aber wer wieder dahinter steckt, kann ich mir schon denken!

Annchen (kopfschüttelnd): Ach wo, Onkelchen!

Hoppe (unbeirrt): Das ist sicher wieder unser guter Gregor!

Amandus (stürzt von der Küche herein, streckt Annchen etwas entgegen, schreit mit blödsinnigem Lachen): Da! .... Da! ...

Hoppe (halb ärgerlich): Junge bist Du ganz . . .!!

Annchen (besieht es verwundert): Ein Radieschen! .. Onkelchen, er hat ein Radieschen gefunden! Das erste Radieschen!

Amandus (zeigt auf den Kaffee, dann auf sich, mit fragendem Grinsen): Kaffee??

Annchen (drückt ihn auf den Stuhl links von sich nieder): So! Hingesetzt, mein Jungchen! Trink! (Gießt ihm die Tasse voll.)

Hoppe (hat das Radieschen besehen, legt es hin): Wo hast Du denn das wieder ausgekratzt, Amandus?

Amandus (grinsend): Mistbeet!

Ännchen: Jetzt wird es aber auch wirklich Frühling! . . . Onkelchen, ich möchte tanzen!

Kaplan (ist währenddeß von rechts her eingetreten, hat die letzten Worte gehört): Tanzen, Pannie? Heute tanzen? (Kommt an den Tisch, droht ihr mit dem Finger. Er hat das Ornat abgelegt und trägt einen schwarzen Rock.)

Ännchen (etwas kokett): Ach, der Herr Kaplan muß auch alles hören!

Kaplan (hat sich gesetzt, ernst): Am heutigen Tage, Panna Annuschka? Am heutigen Tage?

Ännchen (senkt den Kopf, schweigt).

Hoppe (etwas scharf): Kinderchen, was habt Ihr mit dem heutigen Tage?

Ännchen (hastig): Onkelchen, Sie wissen ja . . . . Mutterchens . . . . .

Hoppe (steht schweigend auf, geht auf und ab.)

Pause.

Kaplan (Kaffee trinkend): Ich habe gedacht, Herr Pfarrer, wenn wir eine heilige Messe lesen für die Seele der Verstorbenen . . . Nächster Zeit vielleicht. Panna Annuschka hat zu spät darüber gesagt. Dann hätten wir ja diesen Morgen haben können.

Hoppe (auf- und abgehend): Ich denke Du weißt, Anna, wir haben die Seelenmesse für Deine liebe Mutter bis jetzt immer im August gehabt. Am Todestage.

Ännchen: Onkelchen, können wir nicht zweimal haben?

Hoppe (vor ihr stehen bleibend): Wenn Du für Deine Mutter etwas Besonderes thun willst . . .

Annchen: Ja denken Sie nicht, Onkelchen? Der Herr Kaplan meint auch.

Kaplan: Nach der Lehre und den Vorschriften unserer heiligen Kirche, Panna Annuschka.

Hoppe (auf- und abgehend): Gewiß, Kindchen, können wir die Seelenmesse für Deine liebe Mutter haben.

Amandus (der das Radieschen auf dem Tisch schon lange fixiert hat, langt plötzlich danach und verschlingt es mit Behagen).

Annchen (in komischem Aerger): Pfui, Amandus, nicht mal abgewaschen! Mit Erde und Allem! Schäm' Dich doch! Pfui!

Amandus (behaglich grinsend, klopft sich auf den Bauch): Gut! . . . Gut!

Hoppe (ist nachdenklich hin- und hergegangen): Unsere jüngeren Herren! . . . Ja, ja! Die liebe Jugend! Das stürmt so alles! Das möchte am liebsten Rom an einem Tage aufbauen. Später . . . Wenn man in die Jahre kommt . . .

Kaplan: Wird sich alt, wird sich kalt, sagt uns ein Sprichwort der Deutschen.

Hoppe (stehen bleibend): Ihr jungen Leutchen auf dem Priesterseminar jetzt . . . Ihr habt mir zu viel im Kopf! Aber wenn Ihr's gebrauchen sollt . . . Ihr versteht mir das Leben zu wenig! Und das verlange ich von einem Geistlichen zu allererst.

Kaplan: Aber woraus schöpfen die Erkenntnis des Lebens, Herr Pfarrer? Wie den Versuchungen des

Lebens Stand halten, den Anfechtungen, den Zweifeln! . . . Den Angriffen der Gegner, wenn das theologische Wissen nicht unserm Glauben zu Hilfe kommt. Ein Priester ohne die Kenntniß unserer ehrwürdigen theologischen Litteratur, wie ein Soldat ohne Waffe, welchen die Feinde überfallen und binden.

Hoppe (hat sich wieder an den Kaffeetisch gesetzt): Wenn ich an meine Jugendzeit denke und Euch dabei sehe, dann muß ich mich wirklich oft wundern. Wir waren doch auch ganz gut beschlagen in der Wissenschaft. Im Disputieren will ich's noch mit jedem aufnehmen. In der Dogmatik und sonst worin. Aber wir faßten die Sache doch am andern Ende an.

Annchen: Ach, Onkelchen, Sie können ja alles.

Hoppe (nachdenklich): Ja, was man als junger Kaplan auf seinem Kopf gehabt hat! Gearbeitet hab' ich wirklich wie ein Pferd! Aber nicht hinter den Büchern! Dazu war gar keine Zeit. Da hätte mich mein Pfarrer schön angesehen. Die praktische Arbeit in der Parochie! Dafür kannte ich auch jeden von meinen Parochianen bei seinem Vornamen. Die Leute wären für mich durch's Feuer gegangen. Da bekommt man einen Einblick ins Leben. Und manche vergnügte Stunde hat's doch auch gegeben! . . . Ach, Kinder, ja, wenn man noch so'n Spring=ins=Feld ist . . . !

Annchen: Onkelchen, Sie sind ja noch so jung!

Hoppe: Ja das Herz ist jung, wenn die Knochen auch alt sind.

Annchen (neckisch): Und unser Herr Kaplan, der ist immer so ernst, so finster . . . .

Kaplan (zurückhaltend): Die Temperamente sind verschieden, Panna Annuschka. Wir müssen zufrieden sein, wie das Loos uns gefallen ist.

Maruschka (steckt den Kopf durch die Thürspalte, schreit): Pannie! Proszza Pannie! Poczta!

Annchen (steht auf, geht ihr entgegen): Ihre Zeitung, Onkelchen! (Nimmt Maruschka die Postsachen ab.) Ach und so viel heute!

Maruschka (hat noch einen Augenblick zugesehen, dann ab.)

Amandus (guckt angelegentlich durchs Fenster, schreit plötzlich): Alle Hühner! . . . . Alle Hühner! (Springt auf und zur Thür hinaus.)

Annchen (hat Hoppe die Postsachen gegeben, eilt ans Fenster): Was hat er denn schon wieder?! (Sieht hinaus.) Herr Du mein Gott, die Hühner im Garten! Aber auch alle Hühner! Und wie sie picken! Unsere schöne Grassaat! (Reißt das Fenster auf): Na schnell, Amandus! Schnell!

Hoppe (die Postsachen in der Hand): Bekommt er sie raus?

Annchen (eifrig zusehend): Und Bello immer mit hinterher! Ach ist das ein Hund! Jetzt jagt er sie wieder auseinander! (Hinausrufend): Bello, willst Du wohl! . . . . Durch die Pforte, Amandus, durch die Pforte! . .

Hoppe (die Postsachen durchsehend, zerstreut): Geht's nicht?

Annchen (ruhiger): So! Jetzt! Endlich! (Schließt

das Fenster.) Die hätten die ganze frische Saat ausgepickt.

Hoppe: Hier ist für Sie ein Brief, Herr Kaplan. Poststempel Breslau. (Giebt ihm den Brief.)

Kaplan (erbricht den Brief lebhaft): Ah, wirklich! Früher als ich gehofft habe! (Liest.)

Hoppe (nimmt eine Postkarte): Was ist denn das für eine Handschrift? Kenn' ich doch nicht!

Annchen (kommt wieder an den Tisch): Ist nicht was für mich da, Onkelchen?

Hoppe (lesend): Für Dich nicht. Von wem willst Du was bekommen? (Aufsehend): Du, Anna, weißt Du, daß Besuch kommt?

Annchen (ungläubig): Ach Sie spaßen, Onkelchen. Besuch?! Zu uns? Ach wo! Wer denn?

Hoppe (schalthaft): Na rat mal, mein Fräulein!

Annchen (noch ungläubig): Besuch?! Wer wird denn kommen! Ach, Onkelchen, der Herr Pfarrer Panetzki wird kommen ..... Oder der Herr Pfarrer Bartel wird sich anmelden ..... Oder der Herr Dekan ... Ja, Onkelchen? Sagen Sie doch! (Sucht ihm die Karte abzuschmeicheln.)

Hoppe (festhaltend): Nein, kein Pfarrer! Ein Anderer!

Annchen (neugierig): Kein Pfarrer? Dann ein Kaplan! Ach, Onkelchen, zeigen Sie doch! (Nachsinnend): Aber wer denn? Wer bloß?

Hoppe (amüsiert): Auch kein Kaplan! Ueberhaupt kein Geistlicher! ... Ein ganz Anderer! Auf den Du garnicht kommst! ... Ein junger Student!

Annchen (mit offnem Munde): Aaaach?? (Wiede-

enttäuscht): I wo! Ist ja nicht wahr! Ich weiß, Sie wollen 'n Menschen bloß neugierig machen und nachher ist nichts! Ich glaub' Ihnen überhaupt nicht! (Nachsinnend.) Ein junger Student?

Hoppe: Ein ganz frischgebackener! ... Hans Hartwig! (Giebt ihr die Karte.) Da lies!

Annchen (in höchster Ueberraschung): Hans Hartwig aus Lichtenau?! ... Cousin Hans?! .... Wann denn? Wann?

Hoppe: Cousin Hans. Ja. Den Du mal als Kind kennen gelernt hast. Ihr seid ja wohl beide ziemlich im selben Alter.

Annchen (begeistert): Der kleine Hans! Der kleine Hans! (Lesend.) Meinje! Ist das eine Schrift! Aber das sind die klügsten Menschen! (Aufsehend.) Cousin Hans soll ja so 'n kluger Mensch sein, haben Sie immer gesagt? (Liest wieder.)

Hoppe: Ja, nach dem, was ich von ihm gehört habe .... Du mußt bedenken, Anna, ich hab' ihn zuletzt gesehen, wie Du auch da warst in Lichtenau. Wie ihr beide solche kleinen Puttger war't, eins immer kleiner wie das andere.

Annchen (wieder außer sich): Nein, aber dieser Hans! Jetzt zu kommen! Als Student! Ich besinne mich noch ganz genau, wie er aussah. So klein und hitzig! Aber gegen mich war er sehr gut! Ein gutes Herz hat er! (Liest wieder.)

Hoppe (nachdenklich): Nach seiner Mutter! Deine Tante ist eine sehr kluge Frau, Anna. Ein sehr kluges Frauchen!

Annchen (aufsehend): Und wie flott er schreibt, Onkelchen! Ganz wie der richtige Student! Eins, zwei, drei! Lieber Onkel, Examen gemacht, dispensiert worden! Denken sich bloß, Onkelchen, dispensiert vom Examen! Wenn ich da unsern Amandus seh'!

Kaplan (hat seinen Brief wieder und wieder gelesen, ist mehrmals in tiefes Nachdenken versunken, hat dann den Brief eingesteckt und aufmerksam zugehört, vorwurfsvoll): Selig sind die Armen im Geiste, Pannie, denn ihrer ist das Himmelreich.

Annchen: Denken sich doch bloß, Onkelchen! Mit achtzehn Jahren schon so weit! Grad' so alt ist er wie ich! Und geht zur Universität! (Umhertanzend.) Nein dieser Hans! Wann er denn eigentlich kommt? Was schreibt er denn? (Wieder zum Tisch, um die Karte zu lesen.)

Kaplan (ernsthaft): Unsere Panna! Unsere Panna, Herr Pfarrer! Ganz außer sich gebracht ist sie!

Annchen: Da soll sich 'n Mensch nicht freuen, wenn mal so ein seltener Besuch kommt! Mit dem man noch gespielt hat, als Kind .... Onkelchen, Sie sind ja auf einmal so ernst? Weil Hans kommt? (Geht zu ihm, legt den Arm um ihn.)

Hoppe (versunken): Siehst Du, Anna, so wie Du mit Hans, so bin ich mal mit der Mutter von Hans zusammen gewesen. Aber Jahre lang! Nicht so wie Ihr bloß ein paar Tage!

Annchen (bei ihm): Später doch auch, Onkelchen?

Hoppe: O ja, Kindchen. Lang genug! Auch noch als so junge Leutchen, wie Ihr jetzt. Wir waren ja zusammen in der Schule. Das heißt natürlich, in derselben Stadt. Biß ich dann zur Universität kam.

Annchen (erstaunt): Was, Onkelchen? Sie waren auch auf der Universität? Als was denn? Ich dachte, Sie waren gleich auf dem Seminar?

Hoppe: Siehst Du, was Du noch alles zu hören bekommst von Deinem alten Onkel! Ja, ich wollte Mediziner werden, Anna. O ich sag' Dir, ich bin auch ein ganz flotter Student gewesen, meiner Zeit in Breslau.

Annchen: Das glaub ich, Onkelchen! Da kann ich Sie mir so recht vorstellen! Sie mit der Studentenmütze! Darum können Sie auch alle die vielen Studentenlieder . . . . . Was meinen Sie, Onkelchen, ob Cousin Hans auch eine Studentenmütze aufhaben wird?

Hoppe: Das weiß ich doch nicht, Anna. Da mußt Du schon warten, bis er da ist.

Annchen (ungeduldig): Ja, aber wann kommt er denn eigentlich? Daß er das auch nicht schreibt! Man muß sich doch einrichten!

Hoppe: Unterwegs muß er schon sein nach der Karte. Du kannst ihn jeden Tag erwarten, Anna.

Kaplan: Er wird sich schon einfinden, der junge Herr, rechtzeitig. Wenn er wüßte, wie sehnsüchtig ihn die Panna erwartet, vielleicht beeilt er sich.

Annchen (überhörend): Und Onkelchen, Kuchen muß ich backen! Kuchen backen muß ich! Und nach der Stadt müssen wir schicken, nach Fleisch! Daß wir doch etwas haben! Schrecklich, daß man auf dem Dorf nichts bekommt. Laß man Sczychowski gleich nachher reiten! Soll ich Räderkuchen backen, Onkelchen, oder Napfkuchen?

Hoppe (zerstreut): Siehst Du, Kindchen, so wäre aus Deinem Onkel bei einem Haar ein Arzt geworden, und kein Geistlicher. Und wir Alle würden nicht hier sitzen . . . .

Annchen (bei ihm): Dann wollen wir froh sein, Onkelchen, daß es so gekommen ist! Ja? Ach, seien Sie vergnügt, Onkelchen! Und wenn Hans kommt, wollen wir singen und tanzen und springen. Der Herr Kaplan muß auch mittanzen. Und Sie singen uns ein Lied vor! Aus Ihrer Jugendzeit! Ein Studentenlied! Ein lustiger Musikante . . . . .

Hoppe (einfallend): Spazierte einst am Nil . . .

Annchen (vergnügt): Sehen Sie, Onkelchen, wie gut das geht! Und Hans singt auch was . . . . . Sind Sie nicht auch neugierig, Onkelchen, wie Hans aussehen wird?

Hoppe: Nach seiner Mutter, Anna! Hans ähnt nach seiner lieben Mutter. So wie sie als Mädchen aussah . . . (Erhebt sich.)

Annchen: Wo wollen Sie hin, Onkelchen?

Hoppe: In Ruhe mein Brevier beten. Du weißt ja, Kind, es ist meine Zeit . . . (Nimmt ein Buch vom Schreibtisch, geht langsam hinaus.)

Annchen (vergnügt auf und ab): Ach ich bin heut ganz . . . Ich weiß garnicht, wo mir der Kopf steht! Und so ein schönes Frühjahr heute! So ein schönes Frühjahr! (Oeffnet das Fenster zum Garten und schaut hinaus, tief aufatmend): Wie warm die Sonne scheint, so früh am Tage!

Kaplan (sehr ernst): Und der Geburtstag von Ihrer armen Mutter heute, Panna Annuschka, für die wir nicht einmal eine Seelenmesse übrig gehabt haben zum heutigen Tage.

Annchen (am Fenster, versunken): Daran hab' ich eigentlich nie gedacht, daß Mutterchen ein Frühjahrs= kind gewesen ist. Nie gedacht.

Kaplan: Ihre Mutter wird auch kein Leben so gehabt haben, Pannie, wie ein Frühlingskind. (Erhebt sich und geht auf und ab.)

Annchen (mit tiefem Seufzer): Daß Einem das immer wiederkommt! So lang, wie das schon her ist! Onkel sagt auch, Mutterchen hat die Sünde ab= gebeichtet und abgebüßt. Der liebe Gott hat sie zu sich genommen. Warum muß man Einer denn immer daran denken. Mutterchen ist ja lang begraben. (Setzt sich auf einen Stuhl am Fenster.)

Kaplan (stehen bleibend, mit asketischem Ausdruck): Aber die Sünde der Verstorbenen ist nicht mitbegraben! Die Frucht der Sünde lebt und hängt an weltlichen Gedanken, Panna Annuschka. Selbst am heutigen ernsten Tage soll das pochende Gewissen da innen über= täubt und die Stimme der Vergangenheit beschwichtigt werden. Aber welche Möglichkeit, die Sünde zu ver= gessen, solange das Kind der Sünde in eitler Welt= lust dahinlebt. (Er steht hinter ihr und hat mit erhobenem Ton gesprochen.)

Annchen (gesenkten Kopfes, halb weinend): Aber was

hab' ich denn gethan, liebster, bester Herr Kaplan? Weil ich mich gefreut habe, daß Cousin Hans kommt?

Kaplan (wieder auf und ab): O Pannie, das Schicksal Ihrer armen, sündigen Mutter steht auf Ihrem Wege als ein warnendes Exempel, wie eine erhobene Hand, die zu der Stätte der Buße und des Friedens weist. O Panna Annuschka, zu ihrem eigenen, ewigen Heile und zur Erlösung der armen Seele der Verstorbenen aus den Qualen des Fegefeuers . . . . Bringen Sie sich selbst als ein Opfer dar! (Verzückt vor ihr stehen bleibend.) Arme verirrte Seele, finde den Mut der Ueberwindung! Laß die Erleuchtung des heiligen Geistes über Dich kommen!

Annchen (verzweifelt): Aber ich kann doch nicht ins Kloster ohne Onkel! Und Onkel will doch nicht. Ich bin ja noch so jung! (Halb weinend): Warum sind Sie bloß so furchtbar streng gegen mich, Herr Kaplan! So streng hab' ich noch keinen Beichtvater gehabt.

Kaplan (hat sich neben sie gesetzt): Streng, mein Kind? Weil ich die Verantwortung trage für das Heil Deiner Seele . . . . einst am jüngsten Tage! Weil ich, wenn der allerhöchste Richter mich einst fragen wird, nicht dastehen will mit leeren Händen. Darum habe ich selbst für Dich geworben bei den Vincentinerinnen in Breslau. Jeden Tag kannst Du Dich einkleiden lassen, wenn Du mit Dir einig sein wirst. Hier ist der Brief, mein Kind. Welche Fügung des Himmels, daß wir gerade am heutigen Tage von der Schwester Oberin die Zusage erhalten müssen. (Hat in der Brusttasche nach seinem Briefe gesucht, giebt ihn Anna.)

Annchen (zerknirscht): O Du mein gnädiger Gott! Aber ich kann doch jetzt nicht! (Schluchzt vor sich hin und hält den Brief in der Hand, ohne ihn zu lesen.)

Kaplan (gütig, indem er die Hand auf ihren Kopf legt): Wir wollen Dich nicht drängen, mein Kind, wenn Dein eigener Wille nicht treiben wird. Aus freiem Entschluß muß das Opfer dargebracht werden, damit wir seiner Früchte teilhaftig werden können. Aber geh' in Dich, mein Kind, suche den Vorsatz in Dir zu erwecken, rufe die heilige Mutter Gottes zu Deinem Beistand an . . . Glaube mir, die Kraft wird kommen. Wenn Du dann als reine Braut vor Deinem Heiland stehst, dann wird die Sünde von Dir genommen sein und Deine arme Mutter wird eingehen zum ewigen Frieden.

Annchen (erschüttert die Hände faltend): Mutterchen, Mutterchen!

Kaplan: Und Du selbst mein Kind! Wenn Du ermessen könntest, welches Glück in diesem Briefe für Dich liegt! Keine Versuchung mehr! Keine häßlichen Gedanken! Der Friede auf Erden schon, den wir Andern noch so bitter erkämpfen müssen! Willst Du den Brief von der Schwester Oberin nicht lesen, mein liebes Kind?

Annchen (springt auf, macht sich am Kaffeetisch zu thun): Nein wirklich, jetzt nicht, Herr Kaplan! Jetzt kann ich aber wirklich nicht! Ich hab ja auch noch so viel . . . . (Der Regulator schlägt.) Herr Du mein Gott, schon neun Uhr! Und wenn Hans heute kommt! Ich hab' nichts da! Nicht mal 'n paar Kuchen!

Garnichts! Aber jetzt auch gleich ran! (Räumt den Kaffeetisch ab.)

Kaplan (schlägt sich verzweifelt vor den Kopf): O Panna Annuschka! O Panna Annuschka!

Maruschka (streckt ihren Kopf zur Küchenthür herein, winkt geheimnisvoll wichtig): Pannie .... Pannie! ...

Ännchen (geht zur Thür, läßt sich von Maruschka etwas ins Ohr flüstern, halblaut): Ein junger Herr? Zu un ...? Mit 'm Wa ....?? (Plötzlich außer sich): Das ist Hans! Das ist Hans! Und ich mit 'm Morgenrock! Schnell, schnell, Maruschka! Hol' ihn 'rein! ... Laß ihn doch nicht so lang draußen stehen, dummes Mädchen! .... Wart' doch nur! ... Ich hol' ihn ja! Bin ich denn auch ... (Läuft vor den Spiegel.) Ach, ist ja gut! Er wird nicht sehen! (Einen Augenblick vor dem Kaplan.) Bin ich so gut, Herr Kaplanchen? .... Ach, und mein Haar! (Ordnet geschwind ihr Haar.)

Kaplan (finster): Gehen Sie, Pannie! Gehen Sie!

Ännchen (begeistert): Hans! ... (Ab mit Maruschka, die währenddeß schnell das Kaffeegeschirr aufgenommen hat.)

Kaplan (erhebt sich, geht auf und ab, die Hände auf dem Rücken. Nach einem Augenblick)

Amandus (in der Thür, kommt näher mit allerlei wichtig fragenden Geberden, deutet neugierig nach draußen): Schöne Pferd draußen! Fremde?

Kaplan (geht, ohne zu antworten auf und nieder).

Amandus (steht horchend in der Mitte des Zimmers).
Kurze Pause. Draußen Stimmen.

Hans (in der Thür mit Ännchen): Ja, das mit dem Wagen, das war schließlich noch großartig getroffen!

Annchen (verlegen rot): Hier, bitte schön . . . . in unsere Wohnstube! Sie wissen schon, wie es ist . . . . alles ganz einfach . . . Der Onkel . . . (Stockt und sieht Hans verlegen an.)

Hans (hat den Kaplan erblickt und sich etwas verlegen verbeugt).

Kaplan (am Fenster, mit förmlicher Verbeugung): Guten Morgen.

Annchen (ist näher gekommen, noch etwas verlegen): Das ist hier . . . He . . . . Cousin Hans . . . und das ist unser Herr Kaplan von Schigorski . . . . (Schalthaft.) Unser Herr Kaplanchen nenn' ich ihn immer.
(Beide haben sich nochmals verbeugt.)

Hans (am Tisch stehend und sich umsehend): Also hier!! Hier! . . . . So hab' ich mir's auch vorgestellt. So gemütlich und . . . . (Schaut Annchen an.) Ja, wirklich! Ganz so!

Annchen (noch immer verlegen, indem sie das „Sie" zu verschlucken sucht): Ach, der Onkel ist ja so . . . . Das soll alles so bleiben. So beim Alten . . . . Aber wir wollen uns doch hinsetzen. Das . . . . Sie . . . müssen doch recht müde . . . . (Schaut Hans voll an.)

Hans (hat seine Unbefangenheit wiedergefunden): Ach, das bißchen Marschieren! Und dann mit der Aussicht hierher! Aber wenn nochmal Sie gesagt wird, Cousine Annchen, setz' ich mich überhaupt nicht, zieh' gleich wieder los. Sie! Unsinn ist das ja!

Annchen (ist rot geworden, dreht sich zur Seite, erblickt Amandus, der sich beim Eintreten der Beiden hinter dem Wäscheschrank verborgen hat): Der ungezogene Bengel! Hinter dem Schrank zu stehen, statt guten Tag zu sagen! (Einen Schritt vor.) Na, willst Du wohl vorkommen, mein Brüderchen!

Hans (erstaunt): Also das ist Amandus?! Sieh mal an!

Amandus (Grimassen schneidend): Nein! . . . Nein!

Annchen (leicht geärgert): Muß ich Dich wirklich vorholen? Pfui, Amandus! . . . Wart', ich sag's dem Onkel! (Rufend): Onkelchen!

Kaplan (noch am Fenster): Lassen wir ihn in seiner Ecke, Panna Annuschka! Wenn er sich wird gewöhnt haben, wird er sich dem Herrn Studiosus schon zeigen.

Annchen (zwischen Aerger und Humor): Dann steh' Du da, bist Du schwarz wirst! (Dreht sich zu Hans.) Ach, wir wollen uns garnicht kümmern um den dummen Jungen!

Hans (auf Amandus zugehend): Aber guten Tag muß ich ihm doch sagen. So schüchtern braucht er doch vor mir nicht zu sein. (Reicht ihm die Hand. Guten Tag, Amandus!

Amandus (Grimassen schneidend): Tag!

Hans (vor ihm, lächelnd): Na, wie geht's? Gut?

Amandus (starrt ihn an, drängt sich plötzlich zwischen Hans und dem Schrank durch, stürzt zur Thür hinaus.)

Hans (kommt achselzuckend zurück): Nichts zu machen! Na wir werden schon sehen! Ist er immer so? (Steht vor Annchen.)

Annchen (ärgerlich): Ach gewiß! Ach . . . . Na wart', mein Jungchen!

Kaplan (einfallend): O bitte, Pannie! Nicht

immer, wollen wir sagen. Nur wenn er seine ganz besondern Antipathien ausdrücken will.

Annchen (hat Hans unverwandt betrachtet, ohne auf den Kaplan zu hören, plötzlich begeistert): Aber der Onkel! . . . . Der Onkel! . . . . Das wird eine Ueberraschung sein! (Schnell ab.)

Hans (zum Kaplan): So? Das ist ja recht feierlich! Dann müßte man also eigentlich gleich rechtsum kehrt und zurück, von wo man gekommen ist, wenn's nach Amandus ginge!

Kaplan (achselzuckend): Wer will die Geheimnisse einer so armen Menschenseele ergründen?

Hans (auf und ab, mit seinen Gedanken beschäftigt): Also, das ist Rosenau! . . . . Rosenau! . . . . Hab' ich's doch noch gefunden!

Kaplan: Haben Sie Schwierigkeiten gehabt mit dem Wege hierher?

Hans (stehen bleibend): Ach, das war ja eine ganz verzwickte Geschichte. Rein wie der Weg ins verzauberte Land!

Hoppe (erscheint in der Thür mit Annchen, erkennt bei seiner Kurzsichtigkeit Hans nicht sofort): Also nicht Hans?

Annchen (ernsthaft): Nein, wirklich nicht, Onkelchen! Ein ganz fremder Herr! Ich kenn' ihn auch nicht.

Hans (einen Schritt vor, ohne etwas zu sagen).

Hoppe (hat sich ebenfalls genähert, mit kurzer Verbeugung): Mein Name ist Hoppe! Womit kann ich dienen? (Aufdämmernd): Han . . . .?

Hans (ihm entgegen, freudig): Onkel Hoppe!

Hoppe (ihn nach polnischer Art umarmend): Also doch Hans Hartwig! (Betrachtet ihn.) Ja, ja, das ist das Gesicht....

Annchen (klatscht in die Hände): Angeführt, Onkelchen! Angeführt!

Hoppe: Da soll man wohl nicht, wenn Du mit solchem ernsten Gesicht kommst! Alte Leute betrügen! ... Hans, nimm Dich vor dem Fräulein in Acht.

Annchen: Onkelchen, Sie haben Hans wohl für einen Weinreisenden gehalten?

Hoppe (lachend): Ihr Weibsbilder seid Spitzbuben, Ihr barbiert uns ja alle über den Löffel!

Hans (humoristisch): Na, bei mir soll ihnen das schwer fallen!

Annchen (eifrig): Aber Onkelchen, hat Herr Hans nicht einen ganz netten Schnurrbart? (Betrachtet Hans voll Stolz.)

Hans (etwas verlegen): Jetzt aber die Generalmusterung. Da muß man ja ordentlich rot werden!

Annchen: Nein wirklich! (Wieder in Betrachtung versunken.) Ueberhaupt so jung und so .....!

Hoppe (aus einem Nachdenken erwachend): Kinderchen, ich glaube gar, Ihr siezt Euch noch! Habt ihr Euch denn schon 'n Kuß gegeben?!

Hans: Ich hab' ja noch keinen bekommen. (Mit leiser Erregung.) Na, giebst mir einen, Annchen?

Annchen (überläßt sich ihm mit einem vollen, wortlosen Blick).

Hans (küßt sie und drückt sie leise an sich).

Hoppe (geht zum Tisch): So, Kinder! Ihr seid doch Cousin und Cousine. Wenn auch im zweiten Grade.

Deine liebe Mutter, Hans, ist meine richtige Cousine. Natürlich auch von Annas seliger Mutter, von unserm Jettchen.

Kaplan (ist langsam vom Fenster zur Thür gegangen): Ich bitte die Herrschaften um Entschuldigung . . . . .

Annchen (ihm nach): Wollen Sie nicht zum Frühstück bleiben, Herr Kaplan? Ich mach' gleich was.

Kaplan: Ich werde sehr bedauern, Pannie. Meine Zeit wird nicht erlauben.

Annchen (hat sich wieder zurückgewendet): Ach, nu geht der Herr Kaplan! Der Unterricht kann doch auch mal ausfallen. Grade heute!

Kaplan (schon in der Thür): Die Zeit ist kurz bemessen. Die Annahme der Kinderchen für die heilige Kommunion steht so nahe bevor. (Mit erhobener Stimme.) Die Pflicht ruft, Pannie! (Ab.)

Annchen (kurz angebunden): Wer nicht will, der hat schon! (Verändert.) Aber Hanschen wird essen. Hanschen kann mir nichts abschlagen. Dazu hat er ein viel zu gutes Herzchen. Onkelchen, wie groß Hanschen geworden ist! Und wenn ich denk', so klein war er damals.

Hans (sitzt am Tisch, in die Betrachtung von Anna, die vor ihm steht, versunken): Ja, ja, Annchen!

Annchen: Ordentlich ansehen muß man zu dem Herrn Studiosus!

Hans (erwachend): Das weißt Du ja nicht, Anna.

Annchen: Das hab' ich doch vorher gesehen!

Hans (aufstehend): Na, wollen mal probieren! (Beide stehen sich dicht gegenüber und halten sich bei den Händen. Ihre Augen ruhen in einander. Momentanes beklommenes Schweigen.)

Ännchen (verhalten erregt): Siehst Du, wieviel größer Du bist!

Hans (mit verhaltener Kraft): Das gehört sich auch so!

Hoppe (der so lange nachdenklich am Tisch gesessen hat, sieht auf): So, Hans, jetzt setz' Dich mal zu uns und erzähl' uns von Deinen Thaten! Also zuerst meine Gratulation zum Examen, Herr Studiosus! Oder eigentlich Mulus müßte man Dich nennen. Daß Du so fortfährst und Deinen lieben Eltern viel Freude machst! Deiner guten Mutter! (Reicht ihm die Hand.)

Hans (Hoppes Hand schüttelnd): Danke schön, Onkel Hoppe! . . . Dir auch, Anna! (Drückt Annchens Hand.)

Ännchen (versunken): So also sieht ein junger Student aus!

Hoppe (aufgeräumt): Und Du, Anna, statt dem Hans soviel in die Augen zu sehen . . . . Bring uns lieber was Ordentliches zu trinken. Und zu essen auch! Sonst verhungert uns Hans noch. Und dann wollen wir Deinen lieben Cousin so bald nicht fortlassen, was meinst Du dazu, Anna?

Ännchen (freudig): Ach ja, Onkelchen! Ach . . . ja! Vier Wochen wenigstens!

Hans (etwas gedrückt): Vier . . . . Wochen! Wer weiß, wie lang ich da schon in Heidelberg sitz'! . . . Nein, aber was ich sagen wollte . . . Also viele Grüße von Hause!

Hoppe: Mein Gott! Wie viele Jahre ist das her, daß ich Deine lieben Eltern zum letzten Mal sah! Deine Mutter, das gute Kindchen! . . . . So bringt Einen das Leben auseinander.

Ännchen (aufspringend): Ach Onkelchen, da fällt mir ein, draußen wartet ja der Wagen auf Sie! (Steht am Tisch.)

Hoppe (erstaunt): Auf mich? Was für'n Wagen?

Ännchen (eifrig): Ja, denken sich bloß, Onkelchen, was Hans alles für Abenteuer unterwegs gehabt! Er ist ja zu Fuß gegangen, die halbe Nacht durch . . . .

Hoppe: Und Kinderchen, was ist das mit dem Wagen für eine Geschichte?

Ännchen (naiv): Ach, Onkelchen, sie sollen ja zum Kranken kommen!

Hoppe (aufspringend): Zum Kranken?? Ein Wagen?! Kinderchen, das sagt Ihr mir jetzt erst?

Hans: Ja, ich traf den Wagen eine halbe Stunde vor dem Dorf. Er fuhr zu Dir, Onkel Hoppe. Er will Dich zum Kranken holen. Da fuhr ich gleich mit.

Hoppe (hat den Rock abgeworfen und das Ornat aus dem Schrank genommen): Und das sagt Ihr mir jetzt erst! Der arme Mensch kann ja unterdeß gestorben sein.

Ännchen (hilft ihm beim Anziehen): Ach, Onkelchen, er wird schon nicht!

Hoppe (eifrig beschäftigt): Zum Kranken! Na, Ihr seid mir die Richtigen! Euch möcht ich mein Seelen= heil auch nicht anvertrauen! Gut, daß Du nicht Theologe werden willst, Hans.

Hans: Ja, weiß Gott, Onkel Hoppe! . . . Aber das hatt' ich wirklich total verschwitzt.

Hoppe (auf dem Sprunge): Also, nun vor allem, Anna, bring' Deinem Cousin was zum Anbeißen! Und 'n ordentlichen Schluck Wein! Das hält Leib und

Seele zusammen. Und besonders nach solch einem
Nachtmarsch! Laß Deinem Cousin an nichts fehlen,
Anna, sonst bringt er uns am Ende noch rum, daß
wir ihm nichts geben wollen. (Sucht etwas auf dem
Schreibtisch.)

Hans (hat sich erhoben): Aber Onkel Hoppe!

Annchen (mit zärtlichem Blick zu Hans): Ach Onkel=
chen, Hanschen weiß ja, daß ich mich bloß so fürchter=
lich freu', daß er da ist, deswegen mag ich garnicht
raus und was machen!

Hans (vor ihr, mit leisem Händedruck, gedämpft): Weiß
der Himmel, ich hab' auch gar keinen rechten Appetit!

Hoppe (fertig zum Gehen, zerstreut): Ja, 'n gutes
Kindchen, die Anna! . . . Lernen muß sie freilich noch
manches! (Reicht Hans die Hand): Also, wenn Du Dich
langweilst, Hans, da stehen Bücher. Und zu Mittag
bin ich wieder zurück. Adieu, Anna! (Will ab.)

Annchen: Adieu, Onkelchen! . . . . Ach Onkelchen?

Hoppe (schon in der Thür): Was denn noch?

Annchen (bei ihm): Onkelchen, heut' Nachmittag
haben wir doch keine Stunde? . . . Ueberhaupt nicht,
so lang Hans hier ist, nein?

Hoppe (eilig): Nein, nein! Damit Du Deinen Hans
ganz hast . . . .! Und nimm Ungarwein zum Früh=
stück! Das paßt am besten. (Ab.)

Annchen (von der Thür zurück): So, aber jetzt schnell!
Daß Du Armer wenigstens was Warmes in den Magen
bekommst! Schnell etwas braten!

Hans (vor ihr, wie mit zugeschnürter Kehle): Ach, laß
doch, Annchen! (Faßt unwillkürlich Annchens Hand, die sie

ihm willenlos überläßt. Schweigender Händedruck. Beide Auge in Auge, in mühsam gedämpfter Erregung.)

Annchen (verhalten): Sei mir nicht bös', Hanschen!

Hans (gepreßt): Aber, Ännchen, warum?

Annchen: Weil ich Dich hier so lang' ohne was sitzen laß. Aber ich möchte am liebsten immerfort stehen und Dich ansehen.

Hans (mit krampfhaftem Händedruck): Und ich Dich!

Annchen (leise): Ach, mich! (Steht noch einen Augenblick, sucht sich dann loszumachen.)

Hans (festhaltend): Ach, bleib doch, Ännchen!

Annchen: Nein, laß man, Hanschen! Ich komm' ja gleich! Bloß sehen, was Maruschka macht! (Macht sich los und ab.)

Kurze Pause.

Hans, (steht noch einen Augenblick wie betäubt, reckt sich krampfhaft, geht sinnend auf und ab, leise summend, so daß man hier und da die jauchzende Erregung merkt, bleibt manchmal stehen, öffnet schließlich das Fenster, streckt seinen Kopf hinaus, wie um ihn zu kühlen.)

Pause.

Annchen (kommt mit Weinflaschen und Gläsern, setzt sie auf den Tisch): So, jetzt wollen wir sitzen und ein Gläschen Wein trinken und uns was Schönes erzählen, Hanschen, wieviel armen Mädchen Du schon den Kopf verdreht hast. Ja, Hanschen? Ach ja! Das mußt Du mir erzählen. Ich hol' bloß noch das Essen. Denk Dir bloß, Maruschka hat schon selbst besorgt. Die ist sonst garnicht so! Die hast Du schon ganz verliebt gemacht. Ach, wir Armen! (Vor ihm.) Also schnell, Hanschen, wieviel Mädchen hast Du schon geküßt?

Hans (ernst): Keine, Anna! Außer meiner Schwester! Du bist die erste!

Annchen: Ach mein Gottchen! Draußen wird ja alles kalt. (Eilig ab, nach einem Augenblick mit Tellern und Schüsseln zurück, die sie auf den Tisch setzt.) Jetzt wollen wir essen und trinken und fröhlich sein. Wer weiß, wie lang's dauert! Setz Dich hierher, Hanschen! (Deutet auf's Sofa.)

Hans (geht zum Sofa): Und Du, Annchen?

Annchen (unbefangen): Ich setz' mich neben Dich, Hanschen. (Beide setzen sich neben einander auf's Sofa, Annchen rechts, Hans links.)

Hans: Ja, wer weiß, wie lang's dauert! Uebermorgen um diese Zeit sitz' ich schon wieder unterwegs. Dann fahr ich schon! . . . . Hinaus! In die Welt!

Annchen (hat Wein eingeschenkt, erschrocken): Uebermorgen schon? Aber das hat doch garnicht gelohnt!

Hans: Ja was hilft's! Ich muß doch zur Universität! (Begeistert.) Ach, Annchen, ich freu' mich schon so!

Annchen (traurig): Und ich hab' gedacht, Du bleibst wenigstens vier Wochen! Nu hat man sich so gefreut! Nu kommst Du nach so vielen Jahren mal und willst auch gleich wieder weg. Dann hättest Du schon garnicht zu kommen brauchen!

Hans: Ach Annchen, mach Einem das Herz nicht schwer! Wir wollen garnicht dran denken! Wir wollen trinken! Prosit! (Beide stoßen an.) Die Zukunft und das Leben! (Beide trinken.)

Ännchen: Aber iß doch, Hänschen! Soll ich Dir was auflegen?

Hans: Ännchen, ich kann nicht! Ich kann wirklich nicht! Iß Du doch!

Ännchen: Nein, ich mag auch nicht! . . . Nu bleibt das schöne Essen so stehen!

Hans: Ach, laß doch! Wir werden schon essen nachher! Aber trinken wollen wir! Auf die vergangene Zeit! Auf unsere Kinderzeit! Gut, daß sie vorbei ist! (Trinkt.)

Ännchen (ebenfalls trinkend): Ich hab' immer gedacht, Du wirst mal kommen. Du hast mir doch versprochen, Hänschen, damals bei Euch in Lichtenau. Aber wer nicht kam, all die vielen Jahre, das war mein Hans!

Hans: Ja siehst Du, ich wollte erst Student sein! Nicht so 'n dummer Junge!

Ännchen: Schließlich hab' ich gedacht, Hänschen ist zu stolz, Hänschen will von uns nichts wissen.

Hans: Ja, ich wollte immer und wollte immer . . . Schließlich wußt ich ja nicht . . . .

Ännchen (eifrig): Und siehst Du, deswegen hab' ich Dich heut gleich vom ersten Augenblick an so gern gehabt, weil ich gesehen hab', daß Du doch garnicht stolz bist.

Hans: Stolz, Ännchen? Aber weswegen stolz? Wie kannst Du so was sagen?

Ännchen: Ja, weil Deine Eltern so reich sind und wir sind bloß solche arme Verwandte, d. h. der Onkel ja nicht, aber ich! Und dann . . . .

Hans (sich aufrichtend): Aber Anna, das ist mir doch ganz egal! Um so was kümmere ich mich doch nicht! .... Nein, da kennst Du mich schlecht! .. Weißt Du, das sind alles dumme Vorurteile! Ueberhaupt ... (Erhebt sein Glas.) Prosit, Annchen! Die Freiheit soll leben! (Trinkt und springt auf): Die Freiheit! Die Freiheit! Ach, das wird großartig! (Setzt sich wieder und rückt dicht zu Annchen.)

Annchen: Und Du denkst deswegen nicht schlechter von mir?

Hans (vorwurfsvoll): Aber Anna! Weswegen denn bloß?

Annchen (verlegen): Ach, Du weißt ja das mit Mutterchen und mir.

Hans (erstaunt): Ne! Was denn? Mit Deiner Mutter und Dir?

Annchen (stockend): Daß ich doch keinen Vater habe . . . . .

Hans: Ach so, das?! .... Aber was kannst Du denn dafür, Anna?

Annchen (kleinlaut): Ja, nicht wahr, Hanschen? Das hab' ich mir auch schon gedacht.

Hans (verwundert): Was kannst Du bloß dafür? Macht Dir denn überhaupt jemand 'n Vorwurf deswegen?! Das ist doch ganz ...

Annchen: Ach, Du weißt ja nicht, Hans! Das bekommt man immer wieder aufs Brot geschmiert! Aber ich freu' mich bloß, daß Du nicht so bist!

Hans (aufgebracht): Das ist doch der reine Blöd=

sinn! Der reine Blödsinn! Von wem denn? Doch nicht vom Onkel?! Na überhaupt in der Beziehung .... Das ist doch alles so natürlich! So natürlich! Das ist ja die Geschichte mit dem Steinaufheben! Siehst Du, Annchen, deswegen sehn' ich mich ja so raus! Da muß das alles ganz anders sein! Alles viel freier! Ich kann das ja garnicht mehr anhören! Diese Borniertheit hier überall bei den Menschen! Bloß raus! Deswegen will ich ja auch nach Süddeutschland! Da denk' ich mir das doch anders! Und dann überhaupt als Student! (Hat sich in Eifer geredet, stürzt sein Glas herunter.)

Annchen (entzückt): Ich möcht' bloß immer so sitzen und Dich ansehen, Hanschen, wenn Du so sprichst und Dir die Augen dabei blitzen!

Hans (begeistert): Ach ich sag' Dir, Annchen! Ich bin in einer Stimmung! Endlich mal frei! Wonach man sich schon jahrelang gesehnt hat! Schon wie ich hierher kam . .

Annchen: Ja, und jetzt willst Du so schnell wieder weg! Jetzt sollst Du erst recht hier bleiben!

Hans: Aber ich kann doch jetzt nicht, Annchen!

Annchen (energisch): Du sollst aber! Sonst hab' Dich garnicht mehr gern! . . . Ueberhaupt, ich sitz' hier und kuck' Dich an, wie 'ne dumme verliebte Gans. (Will vom Sofa weg.)

Hans (heiß): Ach, Anna! (Will sie festhalten.)

Annchen (spöttisch): Das kleine Hanschen will mich festhalten. (Sucht sich loszureißen.)

Hans (in steigender Erregung): Klein?! Na, wollen mal sehen. Los kommst Du nicht! (Umklammert ihren Arm.)

Annchend (glühend): Der kleine Hans! (Sucht sich loszuzerren.)

Hans: Größer als Du!... Los... nicht! (Hält ihre beiden ausgestreckten Arme mit seinen beiden Händen fest. Beide stehen sich einen Augenblick Mund an Mund gegenüber. Plötzlich beugt Hans mit einem schnellen Ruck Annchens straff gestreckte Arme zusammen, daß sie kraftlos aufs Sofa sinkt.)

Annchen (schwach): Ach Hanschen!

Hans (über sie gebeugt): Jetzt bist Du besiegt!

Annchen: Ach, Du hast ja solche Kraft, Hanschen! Ich hab' ja garnicht gedacht!

Hans (betrachtet sie einen Augenblick. Plötzlich wirft er sich über sie und küßt sie wie wahnsinnig).

Annchen (umschlingt ihn und erwiedert seine Küsse).

Kurze Pause.

Hans (richtet sich auf, ebenso Annchen. Beide hängen aneinander in wortloser Seligkeit).

Hans (leise): Bist Du mir wirklich gut, Annchen?

Annchen (ebenso): Hanschen, so gut! So gut! (Beide halten sich umfaßt und pressen sich aneinander. Die Thür öffnet sich langsam.)

Amandus (steckt seinen Kopf durch die Spalte).

Annchen (macht sich sanft von Hans los, erhebt sich, geht auf Amandus zu, unbefangen): Was willst Du, Amandus?

Amandus (mit entsprechender Grimasse): Hunger ich! Essen!

Ännchen: Geh' zu Maruschka, Amandus! Die wird Dir was geben, ja?

Amandus (zögert noch einen Augenblick, dann ab).

Hans (hat sich ebenfalls erhoben): Amandus wird wohl gesehen haben, Ännchen?

Ännchen: Ach, Hanschen, was weiß Amandus! (Mit zärtlichem Blick zu Hans, der vor ihr steht): Wie stattlich Du aussiehst, Hanschen!

Hans (mit ausbrechendem Jubel): Ach, ich sag' Dir, Ännchen, ich bin so glücklich! So glücklich! (Auf und ab mit stürmischen Geberden.) Ich hab' das ja gewußt! Ich konnt ja garnicht erwarten, bis ich hier war! Darum bin ich ja die Nacht durch gegangen! Ich hab' mich ja so gesehnt! Ich hab' ja noch nie ....! Du weißt ja garnicht! (Umschlingt sie von neuem.)

Ännchen (mit plötzlichem Blick zum halboffenen Fenster, entsetzt): Ach, mein Gott! Unser Herr Kaplan! Wenn er gesehen hat! Er sah grad rein! Und wie seh' ich aus! (Hat sich Hans entwunden, ordnet geschwind ihr Haar.)

Hans (aufgeregt): Ach laß sehen, wer will! Wollen ihm schon zeigen!

Ännchen (vor dem Spiegel, geängstigt): Aber grad der Herr Kaplan! Wenn er bloß nichts merkt! Wie unordentlich ich bloß ausseh'!

Kaplan (tritt langsam von rechts ein, überschaut prüfend das Zimmer, die beiden jungen Leute und die ganze zerfahrene Situation): Ich bitte um Entschuldigung, daß ich stören muß ....

Annchen (geht ihm entgegen, sucht ihre Verwirrung zu verbergen): Ach, der Herr Kaplanchen! Ist schon mit dem Unterricht zu Ende. Das ist schön, daß er heut' mal früher . . . .

Kaplan (ist zum Schreibtisch gegangen, sucht herum): Der Unterricht ist mitten im Gange, Panna Annuschka. Ich bin nur gegangen. Ein Buch fehlt noch. Ich muß vergessen haben.

Annchen: Aber bischen essen werden Sie schnell, Herr Kaplan, ja? Wir haben schon . . . (Stockt, da sie die unberührten Speisen sieht.)

Hans (am Tisch stehend, sucht zu verbessern): Na, damit war's nicht weit her.

Kaplan (langsam vom Schreibtisch zurück): Die Kinderchen warten, Pannie! Ich werde mich beeilen. Der Herr Pfarrer ist fortgefahren, Pannie? . . . Ich habe gesehen.

Hans: Ja, Onkel fuhr zum Kranken.

Kaplan (beiläufig, mit Seitenblick zu den Speisen): Die jungen Herrschaften haben auch nicht viel Ehre angethan.

Hans (frech): Ja, mein Gott, wenn man sich mit so 'ner netten, lieben Cousine zu erzählen hat, die man jahrelang nicht gesehen hat, da vergißt man schließlich seinen Appetit. Das wird Ihnen auch so gehen, Herr Kaplan!

Kaplan (droht Annchen sehr ernst mit dem Finger): Pannie! . . . Pannie! (Langsam ab.)

Annchen (steht beschämt da).

Hans (bei ihr): Ännchen!

Ännchen (schweigt).

Hans (zärtlich): Bist Du mir garnicht mehr gut, Ännchen?

Ännchen (plötzlich): Ach, laß Alle wissen! (Umschlingt Hans und drückt ihn an sich): Hast Du wirklich noch kein Mädchen geküßt, Hanschen?

Hans (jubelnd): Keine! . . . Keine!

Ännchen (liebkost ihn): Mein liebes Hanschen!

Vorhang.

Zweiter Aufzug.

Folgender Tag Nachmittags. Wohnzimmer mit dahinter liegendem Salon wie vorher.

Annchen und Amandus am Sofatisch. Verträumte Nachmittagsstimmung. Ein trübschwerer Frühlingstag schaut durchs Fenster.

Annchen (auf dem Stuhl gegenüber dem Sofa): Und ich sag' Dir, wenn Du nochmal so schlecht gegen Hanschen bist, so niederträchtig... Was der arme Hans Dir bloß gethan hat!

Amandus (auf dem Stuhl rechts von ihr, schüttelt sich und spuckt aus).

Annchen: Hans ist schon Student und was bist Du? Du großer Junge! So dumm wie'n Russenrad! Und kaum zwei Jahre jünger wie Hanschen..

Amandus (deutet durch eine Pantomime an, wie wenig ihm Hansens Geist imponiert, dann wohlgefällig auf sich deutend): Stärker ich!

Annchen (erbittert): Du stärker? Ja, wenn Du ihm 'n Bein stellst von hinten, wie heut' Vormittag, daß er hinfallen muß.... Mach das bloß nochmal. Dann weißt Du, was Du bekommst!

Amandus (mit vergnügter Grimasse): Langgelegt! Alle Neun! Annuschka... (Deutet durch eine Panto-

mime Ännchens Bestürzung und Verliebtheit an, händeringend):
Mein Hänschen! Mein Hänschen!

Ännchen: Ja, gewiß, mein Hänschen! Was weißt Du davon? Du möchtest wohl auch so heißen? Du bist wohl neidisch, mein Jungchen?

Amandus (in plötzlicher Wut aufspringend, dicht vor ihr, mit verzerrtem Gesicht und Blick zum Sofa): Weiß ich!... Sag ich Onkel! Holt Kantschu! (Pantomime des Prügelns): Dreschen! Dreschen! Braun und blau!

Ännchen: Ja, aber wer zuerst rankommt, das bist Du, Amanduschen. Meinst Du, der Onkel weiß nicht, daß ich Hänschen 'n Kuß gegeben habe? Laß Dich doch nicht auslachen! Das kann der Onkel ruhig wissen. Aber weißt Du, was ich dem Onkel sagen werd'!?

Amandus (hat sich wieder auf seinen Stuhl gesetzt, verschmitzt): Weiß nicht!

Ännchen: Weißt nicht? Wir wollen mal denken helfen, Amanduschen! Ich werd' dem Onkel sagen, daß Du immer so hinter Maruschka her bist! Daß Du Maruschka garnicht zufrieden läßt! Das arme Mädchen weiß schon gar nicht wohin, vor Dir dummen Jungen! Weißt Du jetzt, Amanduschen, was ich dem Onkel sagen werd', wenn Du nicht ganz artig zu Hänschen bist? Also hübsch cycho! Mäuschenruhig! (Mit Geberde): Sonst...!!

Amandus (tückisch): Flötz! Dumme!

Kaplan (von rechts eintretend, im schwarzen Rock, noch ernster als gewöhnlich, kommt langsam zum Tisch).

Ännchen (klatscht lustig in die Hände): Unser Herr

Kaplan! Unser Herr Kaplan! Und ein so böses Gesicht macht er wieder, der Herr Kaplanchen!

Kaplan (setzt sich an den Tisch, Ännchen gegenüber): Und unsere Panna vergnügt wie ein Wiesel. Bei Regen und bei Sonnenschein. Ich glaube, zum jüngsten Tage wird sie noch lachen, die Panna!

Ännchen (unbefangen): Ach, aber einer muß doch lachen, Herr Kaplanchen! Was hilft, wenn Einer immer trauriger ist wie der Andere! Der Onkel mag garnicht, wenn ich so rum sitz' wie eine Heilige. Ich soll bloß immer lachen und singen. Hanschen ist ja auch zu Besuch!

Kaplan: Und da ist die Panna schon ganz von Rand und Band. Garnicht mehr zu regieren ist sie.

Amandus (schlägt plötzlich mit beiden Fäusten auf den Tisch, daß es kracht): Laps!!

Ännchen (entsetzt): Jesus, Maria und Joseph! Mein Schreck! ... Dir gehören die Ohren lang gezogen, Amanduschen! Sich so zu betragen! Ordentlich, als wenn er's im Kopf hat, seit Hanschen hier ist!

Amandus (grinst zähnefletschend).

Kaplan: So hat der junge Herr bis jetzt nur Unsegen über dieses Haus gebracht! Wie wir Alles verändert sehen in diesen beiden Tagen!

Ännchen (eifrig): Aber doch zum Guten, Herr Kaplan! Was Amandus! Aber der Onkel! Sehen Sie doch bloß den Onkel an! Der freut sich ja so sehr! Und ich! Ach, wir sind ja Alle so glücklich! Sie müssen auch nicht mehr ein so finstres Gesicht machen, Herr Kaplanchen? Nein? Sie müssen sich mitfreuen. Die Welt ist ja so schön!

Kaplan (ablenkend): Hat der Herr Studiosus der Panna auch schon von seinem Glauben erzählt? Ich fürchte ... Ich fürchte ...

Ännchen (begeistert): Ach von Allem, Herr Kaplan! Von Allem!

Kaplan: Ich werde nicht selig werden wollen, wenn der junge Mann nicht einer von den lauen Katholiken ist, wie sie jetzt so viele auf den höhern Schulen umherlaufen.

Ännchen (etwas kleinlaut): Schlecht ist Hanschen nicht! Bloß ... Und das kommt ja auch noch Alles! Er ist ja auch noch jung genug. Wenn er erst so gesetzt ist, wie Sie, Herr Kaplan ...

Kaplan (stützt den Kopf auf): Jugend hat nicht Tugend, sagt das Sprichwort. Ich weiß. Und Alles zu seiner Zeit. Aber wohl dem, Panna Annuschka, der überwunden hat! Sich vergnügen ist schön. Aber sich bescheiden ist besser! (Mit wehmütigem Lächeln): O vanitas vanitatum vanitas! Zu Deutsch, Pannie, o Eitelkeit! O nichtige, irdische Eitelkeit!

Ännchen: Ach, wenn auch Alles vorbei geht, heut wollen wir noch lustig sein! (Springt auf.) Heut wollen wir noch vergnügt sein und tanzen! Morgen trauern wir ja doch in Sack und Asche. (Trällernd auf und ab.)

Kaplan (versunken): Warum morgen, Pannie? Warum nicht schon heute? Warum nicht in dieser Stunde?

Ännchen (in ihren Gedanken): Weil morgen Hanschen fährt! Fort in die Welt! Dann ist wieder

Alles so wie immer! Dann können Sie mich wieder tüchtig ausschelten, Herr Kaplan! Aber heut nicht, nein Herr Kaplanchen? (Plötzlich): Und morgen lassen wir ihn auch noch nicht fort! Und übermorgen auch nicht! Noch lange nicht!

Kaplan (hat seinen Brief aus der Tasche gezogen und streckt ihn Annchen entgegen): O wie sehr weit, Pannie, sind Sie noch von der Stätte, die ich für Sie ausgesucht habe!

Annchen (melancholisch): Ach, wer weiß, Herr Kaplan! Wer kann wissen, was bald sein wird? (Geht zur Thüre.)

Kaplan (aufsehend): Wohin, Pannie?

Annchen: Hanschen suchen, daß er zu uns kommt und uns was erzählt. Wir werden ihn ja nicht lang mehr haben.

Kaplan (erhebt sich schnell und geht zu ihr. Beide stehen an der Thür. Er beherrscht sich mühsam): Panna Annuschka?!

Annchen (mit gesenktem Kopf): Ja, Hochwürden!

Kaplan (faßt ihre Hand): Können Sie sich mir vertrauen, Pannie?

Annchen (zögernd): Sie sind ja doch ... mein Beichtvater, Hochwürden.

Kaplan (verhalten): Nicht als Beichtvater meine ich! Auch nicht Hochwürden! Warum sagen Sie so zu mir! ... Haben Sie mich ein bißchen gern gewonnen als Freund?

Annchen (stockt).

Kaplan (zitternd): Nicht?

Annchen (leise): Ach, was Sie auch fragen, Herr Kaplan! Gewiß doch!

Kaplan (ausbrechend, hochaufgerichtet vor ihr): Dann warne ich vor dem jungen Herrn, Panna Annuschka! Hören Sie, so lange Zeit sein wird! Ein Leichtsinn liegt in Ihrer Familie! Gedenken Sie an Ihre Mutter, Pannie!

Annchen (macht sich von ihm los): Ach, ich brauch mich wegen Mutterchen nicht zu schämen.

Amandus (hat zum Fenster hinausgesehen, ist plötzlich aufgestanden. Wie mit angelegtem Gewehr, während seine Augen funkeln): Puff! Paff! . . . Tot!

Annchen (dreht sich erschreckt um): Was ist denn? (Näher zum Fenster.)

Kaplan (ist wieder gegen den Tisch gegangen): Der junge Herr steht draußen im Garten mit dem Teschin vom Herrn Pfarrer. Amandus wird ihm nachmachen.

Annchen (am Fenster): Ach, Amandus und schießen! Amandus **darf** ja garnicht schießen! Der Onkel erlaubt ihm ja nicht! (Schnell ab.)

Amandus (hat sich wieder zur Stube gewandt, mit wildem Ausdruck): Gut schießen! Treffen! . . . . Tot!

Kaplan (geht auf und ab, ohne auf Amandus zu achten).

Amandus (packt ihn plötzlich am Arm, in wilder Verbissenheit): Tot! Mausetot!

Kaplan (schreckt zusammen, bleibt stehen): Was ist in Dich gefahren, mein Freund? Wer ist tot? Was willst Du sagen?

Amandus (in fletschender Wut, sehr schnell und geläufig): Hund, Fremde! Hat gesessen! Immer gemacht so! (Wiederholte Geberde des Schmatzens): Bin ich gekommen! Hab' ich geseh'n Annuschka dichtbei! Hab' ich gewollt essen! (Mit Pantomime): Hungern so! Hat gestanden Braten! So schöne Braten! Ach! Hab' ich gesagt Annuschka! Hat mich nichts gegeben. Hat mich geschickt zu Maruschka! Immer gesessen: Mein Hanschen! Mein Hanschen! Schöne Braten und Wein und Alles bloß Fremde! Amandus hungern! (Mit Händen und Füßen wütend): Wird sich beißen, kratzen, hauen, würgen! (Pantomime, sinkt erschöpft auf einen Stuhl.)

Kaplan (entsetzt): Gnädiger Gott, erbarme Dich, daß er wieder zu Sinnen kommt! . . . O dieser Besuch! O dieser Besuch. (Geht heftig auf und ab, allmählich ruhiger, faltet die Hände krampfhaft.) Herr mein Gott! Dein Wille geschehe!

Kurze Pause. Die Thür öffnet sich.

Annchen (voraus, sucht Hans nachzuziehen): Aber komm' doch, Hanschen, ja?

Hans (in der linken Hand ein Teschin, sucht seine rechte Hand von Annchen loszumachen): Aber laß mich doch, wo ich bin, Anna!

Annchen (ihn ganz hineinziehend): Ach, Du mußt doch auch Kaffee trinken, Hanschen. Wir haben ja gleich Kaffee.

Hans (unmutig): Ich hab' wirklich gar keinen Appetit, Anna! Ist mir schon vollständig vergangen. (Legt das Teschin auf den Schreibtisch, steht unschlüssig in der Stube.)

Annchen (vor ihm, mit zärtlichem Blick): Der wird schon wiederkommen, Hanschen, wenn Du von meinen schönen Kuchen schmeckst, die ich für Dich gebacken habe.

Hans: Warum bist Du nun nicht mitgekommen spazieren! Ich hab' Dich doch so gebeten! Aber nein!

Ännchen: Dann hätt' ich doch die Kuchen nicht machen können. Das sollte doch eine Ueberraschung sein! Paß mal auf, wie schön die sind! (Schnell ab.)

Hans (kommt zum Tisch): Wo ist eigentlich Onkel Hoppe? (Setzt sich.)

Kaplan (am Fenster): Der Herr Pfarrer wird schlafen. Er trinkt nie des Nachmittags Kaffee.

Amandus (am Schreibtisch, macht sich mit dem Teschin zu thun).

Hans: Na, Amandus, willst Du auch mal probieren draußen? Aber nimm Dich in Acht und schieß Keinen tot! Es sind Rehposten drinnen.

Amandus (mit dem Teschin ab).

Kaplan: Hat der Herr Studiosus geschossen?

Hans: Ja, ein bischen nach der Scheibe... Ach, das ist heute so wunderbar draußen! So eine merkwürdig schwere Luft. Ganz frühlingsmäßig! Ueberhaupt diese ganze Gegend! So ganz anders als bei uns! Schon so etwas Polnisches im Charakter!

Kaplan: Mit Recht, Herr Studiosus! Die Geschichte wird Ihnen sagen, daß wir hier auf polnischer Erde sind!

Ännchen (kommt mit einem großen Teller voll Waffeln): Da! Das ist für den eigensinnigen jungen Herrn!

Hans: Ja, die sehen ja wirklich großartig aus! Darf ich, Ännchen? (Nimmt eine Waffel.)

Ännchen (hat den Teller auf den Tisch gestellt): Die sind ja für Dich gebacken, Hanschen. Siehst Du, daß ich nicht so schlecht bin, wie Du immer denkst? (Steht am Tisch).

Hans: Ach, das denk' ich doch nicht, Annchen! Aber das wär doch so schön gewesen, wenn wir zusammen spazieren gegangen wären.

Kaplan (ebenfalls am Tisch): O die arme Panna! Das müht sich und thut sich! Aber es hilft Alles nicht. Es wird nicht anerkannt von dem jungen Herrn.

Hans: Siehst Du, jetzt fahr' ich morgen schon ab, und wir sind garnicht mehr 'n bischen spazieren gegangen.

Annchen (weich): Ach, Du fährst ja morgen noch nicht, Hanschen. Du bleibst noch lange hier. Dann können wir noch oft zusammen gehen.

Hans (gedrückt): Du wirst ja sehen, Annchen, daß ich morgen fahre . . . (aufspringend, leidenschaftlich): Ach, ich muß ja! Ich muß ja! (Auf und ab).

Annchen (zerstreut): Warum müssen, Hanschen! Warum kannst Du nicht hier bleiben?

Kaplan: O aber Pannie! Und die Studien des jungen Herrn! Die Vorlesungen werden begonnen haben! Die Zeit drängt. Ich kann mir denken.

Annchen (leicht): Ach, Hanschen, wir werden schon sehen. (Ab zur Küche.)

Kaplan: Ja, das steht dem Herrn Studiosus noch bevor. So manche Erfahrung. Das Leben liegt noch vor ihm.

Hans (auf und ab, lebhaft): Ja, das liegt noch vor mir! Das kommt jetzt! Die schönste Zeit! Die Studentenzeit! Ach Heidelberg! Heidelberg! Wie das wohl aussehen wird!

Kaplan: Es wird sein, Herr Studiosus, wie alles

Andre auf dieser Welt. Wenn Sie es kennen werden, wird es ein Nichts sein. Nur die Hoffnung macht etwas daraus.

Hans (setzt sich wieder): Ja, ich weiß nicht, dann ist schließlich Alles ... Warum **lebt** man dann überhaupt!

Annchen (kommt zurück mit Kaffeegeschirr): Hanschen, hast Du Amandus das Teschin gegeben? (Ordnet den Kaffeetisch an.)

Hans: Ja, Annchen, warum?

Annchen: Weil Amandus das Teschin nicht **haben** soll. Der Onkel will nicht!

Hans: Ach, was wird's schaden, Annchen! Laß Amandus doch **auch** mal 'n Vergnügen haben!

Kaplan: Die Panna hat eigentlich Recht! Wir hätten ihm nicht geben sollen.

Hans: Ich kann's ja wieder holen, Annchen, wenn Du willst.

Annchen: Nein laß man, Hanschen! Jetzt nicht! Sonst wird er erst recht ... Der Junge wird immer unbändiger ... So, jetzt wollen wir trinken und Kuchen essen. (Hat sich auf's Sofa gesetzt. Während des Folgenden wird getrunken.)

Hans (Waffeln essend): Prachtvoll schmecken die, Annchen!

Annchen: Iß, Hanschen, und laß Dir schmecken. Draußen sind mehr.

Kaplan (Kaffee trinkend): Ja, diese verwöhnten jungen Leute! Sehen das Leben nur von der heitersten

Seite! Wissen garnicht, was es eigentlich bedeutet ... das Leben!

Hans: Ach, ich bin garnicht so verwöhnt! Ich glaub' auch schon mein Teil erlebt zu haben.

Kaplan: Was die jungen Leute so erleben nennen, auf den Schulbänken, besonders wenn die Eltern für Alles Sorge tragen und der junge Herr weiter nichts zu thun hat, als seine Exercitien zu machen.

Hans (scharf): Ja, wie der Mensch ist! Je nachdem! Ich denk', es kommt darauf an, was man innerlich erlebt, Herr Kaplan! Na, und das richtet sich doch nicht nach der Schulbank.

Kaplan: O gewiß! Es giebt solche Naturen ... begnadete können wir sagen ... Die schon in ihrer Jugend eine Sicherheit gewonnen haben. Ich leugne nicht. Aber wo sind sie! Durch eine harte Schule müssen sie gehen. Und dann erkennen wir sie auf den ersten Blick.

Hans: Ja, Sie müssen ja wissen, Herr Kaplan! Ich kann das nicht beurteilen.

Annchen: Aber Du hast doch auch schon Manches durchgemacht, Hanschen, was Du mir so erzählt hast.

Kaplan: O, vor den jungen Damen wird man nicht zurückhalten. Da schmelzen die weichen Herzen wie die Butter in der Sonne. Aber das Meiste freilich beruht nur in der Phantasie der jungen Herrn.

Hans (aufgeregt): Sehen Sie, Herr Kaplan, das muß ich nun wieder besser wissen, was ich erlebt hab', oder nicht! Natürlich hab' ich bis jetzt nur die Schulbank gedrückt. Leider! Ich wünschte, ich wär schon lang rausgekommen! Ich hätt' was von der Welt gesehen! Das ist ja eben! Man sitzt und sitzt und hat den Drang, man möchte .... Und wenn man das Einem erzählt, wird man noch ausgelacht! Man hat keinen, mit dem man sich .... Weil man eben anders ist! Man geht so allein für sich und trägt das rum! Und von außen der Zwang und innen da .... (Ballt die Fäuste.) Aber das macht Einen! Das macht Einen! Entweder man geht zu Grunde! Man verbummelt. Oder man wird was! Und wenn ich jetzt in die Welt rausgeh', dann weiß ich, ich bin kein dummer Junge mehr, wenn ich auch vielleicht so aussch'! Ich kann's mit Jedem aufnehmen! Ich laß mir von Keinem mehr was gefallen! Lang genug ist man gekufft worden! Aber jetzt bin ich frei! Jetzt kümmer' ich mich um die Welt nicht mehr!

Kaplan: Ich bedaure die armen katholischen Eltern, die eine solche Frucht von ihrer Erziehung ernten und wissen vielleicht nicht einmal.

Hans: Ach, reden Sie doch nicht, Herr Kaplan! Ich denk' jeder Mensch muß so sein, der etwas .... Das wird Ihnen doch auch so gegangen sein.

Kaplan (bitter): Mir, Herr Studiosus? Mir ist ganz anders ergangen. Und ich danke meinem Schöpfer. Ich habe keine Zeit gehabt zu vermessenen Gedanken. Mir sind die Flügel rechtzeitig gestutzt worden. Ich habe schon auf der Schule zu sorgen gehabt, daß ich leben konnte. Ich habe Stunden gegeben! Ich habe Arbeiten gemacht! Ich habe gethan, was ich konnte.

O, ich habe mich auch gesehnt, als junger Mensch, nach Diesem und Jenem. Aber ich habe meinen Gedanken nicht nachgegeben. Ich wäre vielleicht auch nicht Theologe geworden, wenn ich nicht gemußt hätte! Aber meine armen adligen Eltern konnten doch keinen Schuhmacher aus mir machen. Und zu einem Juristen haben die Thalerstücke gefehlt. Ich habe mich überwinden müssen. Ich habe gekämpft .... Aber ich habe gesiegt!

Hans (gedämpft): Und sind Sie wirklich ganz zufrieden geworden, Herr Kaplan?

Kaplan: Ich bin so glücklich, wie einem Menschen beschieden ist auf dieser Welt. Ich danke meinem Schöpfer auf meinen Knien, daß er so gefügt hat mit mir. Ich habe den Trost gefunden in der Hinfälligkeit dieser Welt.

Hans: Und das ist?

Kaplan (scharf): Das ist der Glaube, Herr Studiosus! Hat Ihnen Ihr Religionslehrer nicht gesagt?

Hans (in seinen Gedanken, mit ausbrechender Leidenschaft): Nein, ich könnt's! So allem Adieu sagen? Allem, Allem, Allem ...!! Sehen Sie, Herr Kaplan, Sie sind froh, daß es so gekommen ist und ich bin froh, daß es so mit mir gekommen ist. Daß ich kein Theologe werden will! Daß ich frei bin und daß das Alles noch vor mir liegt.

Kaplan (hat seine Tasse geleert): Im Banne Ihrer Leidenschaften, Herr Studiosus, und frei?! Das ist die Zügellosigkeit, an welcher selbst Lucifer, der Engel oberster, gescheitert ist.

Hans (gutmütig): Ach, es wird nicht so schlimm werden, Herr Kaplan. (Nimmt eine Waffel.) Ich ess' Dir alle Waffeln auf, Annchen.... Du bist ja so still geworden, Annchen?

Kaplan (sich mühsam beherrschend): Nicht so schlimm? Schlimmer sage ich, als Worte auszudrücken vermögen. Vor diesem Fräulein hier prophezeie ich, so wahr es einen Gott giebt und eine Vergeltung, der junge Herr wird Schiffbruch leiden und Alle, die mit ihm sind! Möge er zur wahren Erkenntnis kommen, bevor es zu spät ist.

Hans: Und ich prophezeie mir, ich werde durch= kommen! Ich werde nicht Schiffbruch leiden. Ich hab' ja so ungeheuer viel Hoffnung! Ich kann ja garnicht untergehen! In zwanzig Jahren können wir ja wieder darüber sprechen, Herr Kaplan.

Kaplan: Wer leben wird, wird sehen. Gedenken Sie an diesen Tag und an meine Worte! (Erhebt sich und steht aufgerichtet): Ihnen aber, Panna Annuschka, sage ich in Gegenwart des jungen Herrn, glauben Sie ihm nicht! Lassen Sie sich nicht verstricken durch seine Lehren! Bleiben Sie treu! Geben Sie der Ver= suchung nicht nach! Retten Sie Ihre Seele und Ihr ewiges Heil! (Geht langsam zum Schreibtisch, nimmt ein Buch auf, geht zur Thür, wendet sich noch einmal.) Ich möchte bitten, Panna Annuschka, wenn der Herr Pfarrer wird fragen, ich gebe den Religionsunterricht an seiner Stelle heute. (Ab.)

Annchen (schweigt gesenkten Kopfes. Kurze Pause).

Hans (hat ebenfalls in Nachdenken gesessen, richtet sich auf): Siehst Du, Annchen, jetzt weißt Du, was ich bin! Jetzt hast Du gehört.

Annchen (schweigt).

Hans (wieder mit sich beschäftigt, schlägt mit der Faust auf den Tisch): Und ich geh' **nicht** unter! Das wollen wir sehen!

Kurze Pause.

Annchen (schweigt noch).

Hans (steht auf, geht einmal auf und ab, bleibt vor Annchen stehen): Jetzt kannst Du also wählen, ob Du mit so einem Menschen noch länger zu thun haben willst.

Annchen (zögernd): Ach, Hanschen . . . .

Hans (bitter): Es hat ja schließlich auch keinen Zweck! Morgen fahr' ich ja **doch** ab! Und der Herr Kaplan bleibt hier!

Annchen (faßt seine Hand, schaut ihn voll an): Ach, Hanschen, Du **bist** gleich so . . . Vorher auch . . .

Hans (vor ihr): Wann?

Annchen (bittend): Ach mit dem Spazierengehen. Und ich wollt' doch die Waffeln für Dich backen. Ich möcht ja Alles für Dich thun. Du weißt garnicht, wie gut man Dir ist.

Hans (aufgebracht): Ja, wenn Dir das unangenehm ist, Anna, will ich Dir nicht zur Last fallen. (Auf und ab.) Am besten, man wär' garnicht gekommen! Dann hätt' man wenigstens nicht den furchtbaren . . . . (Setzt sich, ballt krampfhaft die Fäuste, stöhnt in sich hinein.)

Ännchen (springt auf, läuft zu ihm, umschlingt ihn): Was hab' ich Dir bloß gethan, Hänschen?

Hans (preßt sie an sich, halb schluchzend): Wenn Du mir nicht mehr gut bist, Ännchen, ich weiß nicht, was ich . . .! Ich könnte ja gleich . . . .? Ich bin ja so unglücklich! So un—glück—lich!

Ännchen (auf seinem Schoß, ihn liebkosend): Ich kann ja Keinen gern haben, wie Dich. Wenn Du auch manchmal . . . .

Hans (sie an sich schließend, außer sich): Ännchen, Ännchen, was wird das werden!

Ännchen: Laß werden, was will, Hänschen! Mir ist ja Alles egal, wenn ich bloß Dich hab' . . .

Hans (verzweifelt): Der Kaplan hat ja Recht! Ich bin ja Dein Unglück!

Ännchen: Ach, Hänschen, was kommen wird, wollen wir nicht denken. Aber Du mußt auch nicht so gegen Alle sein. (Entzieht sich ihm und setzt sich neben ihn, indem sie einen Stuhl heranrückt.) Du sagst Alles viel zu frei raus!

Hans: Ich muß doch sagen, wie ich denke. Ich kann doch nicht schwindeln.

Ännchen: Heut' Morgen hast Du auch nicht zur Frühmesse wollen.

Hans (rückt ganz nahe, legt den Arm um sie): Ich bin doch dagewesen, Ännchen.

Ännchen: Ja, weil ich Dich geweckt hab', Hänschen. Wart' man, der liebe Gott wird Dich nochmal strafen, weil Du so ein gottloser Mensch bist.

Hans (ganz nahe): Weißt Du, Ännchen, was ich

heut' Morgen gedacht habe, als Du draußen vor meiner Thür standst zum Wecken?

Annchen: Nein, Hanschen, sag' doch! Ich weiß nicht.

Hans (in steigender Erregung): Kannst Du Dir gar nicht denken?

Annchen (verhalten): Ach, das wird nichts sein. Du sagst bloß!

Hans (heiß): Nein, etwas ganz Wirkliches. Ich will Dir sagen. Aber leg' den Kopf hierher. So! Ganz dicht! (Legt ihren Kopf an seine Brust und umfaßt sie. Fast flüsternd): Ich hab' gedacht, das wär' so schön, wenn Du reinkämst! (Mit wildem Druck.) Ach ja, Annchen, ja?

Annchen (überläßt sich schweigend seinen Küssen).

Hans (außer sich): So schön! So schön! . . . So schöön! . . . . Weißt Du, was ich könnt'! Ich könnt' Dich gleich totküssen.

Annchen (in seinen Armen): Und ich Dich aufessen.

Kurze Pause. Umarmung.

Annchen (leise): Hanschen, war das nicht ganz schön in der Kirche? Wollen wir morgen wieder gehen, Hanschen?

Hans (wieder näher): Ja und vorher kommst Du wieder mich wecken, Annchen? Ach versprich mir!

Annchen: Und dann bleibst Du wenigstens noch acht Tage!

Hans (aufgeschreckt): Ach, mein Gott! Ist ja wahr! Morgen weg! Morgen um diese Zeit schon wer weiß wo! Ach, Annchen! Annchen!

Annchen: Nein, wenigstens acht Tage mußt Du noch bleiben, ja, Hanschen? Fünf Tage?

Hans (verzweifelt): Ja, aber was hilft das Alles, Annchen? Nach acht Tagen kommst Du wieder und sagst, noch acht Tage! Und noch acht Tage! Und so immer weiter! Ich kann doch nicht immer hier bleiben. Ich muß doch in die Welt!

Annchen: Warum, Hanschen? Warum kannst Du nicht immer hier bleiben?

Hans (traurig): Ja, spaß man noch, Annchen! Mir ist garnicht so zu Mut.

Annchen (hartnäckig): Du bleibst hier und lernst Polnisch und hilfst dem Onkel in der Wirtschaft. Wir haben hier auch genug zu thun, wenn wir wollen. Und nachher läßt Du Dir von Deinen Eltern Geld geben und kaufst Dir ein großes Gut hier. Dann gehst Du garnicht mehr weg. Dann sind wir immer zusammen.

Hans (aufgeregt): Und meine Eltern! Und meine Zukunft! Und Alles! Ach, Annchen! Annchen! Wenn Du wüßtest, wie schwer mir das . . . Wär ich doch bloß nicht gekommen! Hätt ich nie was von Rosenau gesehen!

Annchen (eigensinnig): Du kannst uns auch was zu Liebe thun. Wir sind Dir so gut und Du . . .

Hans (in seinen Gedanken): Ich hab' mir ja noch so viel vorgenommen. Ich kann doch nicht hier sitzen! Wenn ich so denk', was ich noch Alles . . . All die Zukunft! All das aufgeben! Und ich hab' mir das so schön ausgemalt! Das war ja mein einziger Gedanke auf der Schule, wenn ich erst raus bin, was man da Alles erleben wird! Und das Alles . . . (preßt verzweifelt den Kopf in die Hände.)

Annchen: Von mir will ich schon garnicht reden An mich denkst Du ja doch nicht! Aber an den Onkel! Wie der sich freuen wird, wenn Du hier bleibst!

Hans (aufgeregt dazwischen): Also an Dich denke ich ja doch nicht! An wen denn? Ich sag's ja, Du weißt garnicht! Mir platzt beinah das Herz, und Du . . .?!! (Springt auf und läuft auf und ab.) Ich kann das ja garnicht fassen! Jetzt hat man mal 'n Menschen gefunden! Von Kindheit an hat man sich gesehnt und jetzt . . .!! Jetzt heißt's wieder weg! Ich möcht' ja . . . (Fängt plötzlich an laut zu schluchzen, mit dem Kopf auf dem Schreibtisch.)

Annchen (geht leise zu ihm, legt die Hand auf seinen Kopf): Du sollst ja reisen, Hanschen. Ich will ja nichts sagen. Aber wenigstens ein paar Tage mußt Du noch zulegen. Du läßt uns noch früh genug allein!

Hans (aufspringend, aufgeregt): Und dann geht das von Neuem los! Dann wird das erst recht schwer! Und schließlich . . . Bloß weg! Weg! Weg!! Lieber heut' wie morgen! (Auf und ab.)

Annchen (hat sich auf den Stuhl am Schreibtisch gesetzt, unmutig): Ach, Du kannst bloß armen Mädchen den Kopf verdrehen und hinterher lachst Du mich noch aus.

Hans (sie loslassend, aufgeregt): Ja, wenn Du das denkst, Anna! Dann freilich . . . Dann will ich Dich nicht länger . . . . Annchen, glaubst Du das wirklich?

Annchen: Ach, Hanschen, ich weiß ja nicht. (Verbirgt den Kopf in den Händen.)

Hans (kalt): Gut! Schön! Wenn Du das nicht weißt! Dann sind wir fertig! Dann ist es aus zwischen uns! Auslachen sollst Du Dich nicht lassen. Dann wär das also zu Ende! (Geht mit großen Schritten auf und ab.)

Annchen (schweigt).

Hans (verbissen): Du machst es Einem wenigstens leicht! (Die Thür öffnet sich.)

Hoppe (tritt ein, im Hausrock, sehr aufgeräumt, sieht sich um): Na, Kinderchen, was ist denn hier vorgefallen? Habt Ihr Euch wieder mal gezankt?

Hans (kommt an den Tisch): Durchaus nicht, Onkel Hoppe. Wir haben uns einfach gegenseitig 'n bischen die Wahrheit gesagt. Weiter nichts. Jetzt sind wir vollständig in Ordnung. (Setzt sich.)

Hoppe (setzt sich, zerstreut): Seid Ihr? Das freut mich. Kaffee getrunken habt Ihr auch schon, wie ich sehe.

Annchen (hat sich schnell gefaßt, neben Hoppe): So schöne Waffeln haben wir gegessen, Onkelchen!

Hoppe: Damit kannst Du mich nicht reizen, Anna. Aber weißt Du, was Du thun kannst, Du kannst uns was Gutes zu trinken bringen.

Annchen: Was wollen Sie haben, Onkelchen, Bier oder Wein?

Hoppe: Zur Vorsicht bring Beides, Anna. Und dann räum' auch gleich den Tisch ab! Du trinkst doch mit, Hans?

Hans (behaglich): O, ich bin immer dabei, Onkel Hoppe!

Annchen (räumt den Tisch ab).

Hoppe: Immer dabei! Das denk' ich auch! Das bin ich in Deinem Alter auch gewesen und hab' das so bis heute beibehalten. Besonders um diese Zeit Nachmittags sitz' ich gern beim Gläschen Wein oder Bier. Aber Bier zieh' ich in letzter Zeit vor. Was trinkst Du, Hans?

Hans: Ja, wenn ich wählen kann, Onkel Hoppe, offen gestanden, nehm' ich Wein.

Hoppe: Gut, also Wein. Du brauchst nur zu sagen. Das Fräulein bringt Alles mit einer Geschwindigkeit von 0,5.

Annchen (mit dem Kaffeegeschirr in der Thür): Gewiß, Onkelchen, ich lauf' schon. (Ab.)

Hoppe: Willst Du etwas das Fenster aufmachen, Hans?

Hans (aufspringend): Sofort, Onkel Hoppe. (Zum Fenster, öffnet es, atmet auf): Prachtvolle Luft!

Hoppe: Ja, das hab' ich gern an solchem Tag wie heute ... Das Fenster auf und die Frühlingsluft rein und wir sitzen und erzählen uns eins, wie wir jung waren, d. h. Du ja nicht, aber ich und Deine liebe Mutter ... Was ich Dich fragen wollte, Hans, wie gefällt Dir Anna?

Hans (ist vom Fenster zurückgekommen, hat sich wieder gesetzt, unbefangen): Anna gefällt mir gut, Onkel Hoppe.

Hoppe: Gut? Das freut mich. Ich hab' mir viel Mühe mit Anna gegeben. Als kleines Mädchen

kam sie zu mir. Die Geschichte mit den Eltern . . .
Du kennst doch die Geschichte, Hans?

Hans: Ja, Onkel Hoppe, das imponiert mir immer
so sehr, daß Du für Annchen so gesorgt hast, so ganz
. . . ganz ohne . . . ohne Vorurteil.

Hoppe: Man kann doch die armen Kinderchen
nicht entgelten lassen, was die Eltern mal gesündigt
haben. Dahin wirst Du auch noch mal kommen.

Hans (verlegen): Ach ich . . . ich . . .

Annchen (kommt, bringt auf einem Präsentierbrett eine Karaffe mit Ungarwein, Bierflaschen und Gläser, setzt Alles auf den Tisch): Ist so recht, Onkelchen?

Hoppe: Ganz richtig, Kindchen. Laß nur stehen!
Eingießen wird sich Jeder selbst. Für Dich hast Du
vernünftiger Weise auch ein Glas mitgebracht. (Schenkt sich Bier ein.)

Annchen (hat sich gesetzt): Ja, Onkelchen, wenn Sie
erlauben. Wir müssen doch trinken, solang Hanschen
noch hier ist. (Will Hans einschenken.)

Hans (abwehrend): Laß nur, Anna, das mach ich
schon selbst. Ich will Dich nicht bemühen. Gieß nur
Dir ein.

Annchen (reicht ihm mit einem bittenden Blick die Karaffe.)

Hans (schenkt sich ein, giebt die Karaffe wieder zurück, thut, als beachte er Anna nicht.)

Hoppe (sein Glas erhebend): Wir wollen trinken und
anstoßen auf das Wohl der lieben Emma, von Deiner
Mutter, Hans, der Du so ähnst wie aus dem Gesicht
geschnitten.

Hans (stößt mit ihm an): Prost, Onkel Hoppe, und auf Dein Wohl mit!

Hoppe: Auf die Zeit vor 25 Jahren! . . Willst Du darauf nicht auch anstoßen, Anna, mit Deinem Cousin? Da hättest Du Deinen Onkel mal sehen sollen, Anna.

Annchen (mit erhobenem Glas und Blick zu Hans): Wenn Hanschen mit mir anstoßen will . . . Ich weiß ja nicht.

Hans (ebenfalls mit erhobenem Glas, eigensinnig): Wenn ich will? Ich denk', wenn Du willst, Anna? An mir liegt's doch nicht! (Stößt mit ihr an.) Prosit, Annchen! Daß Du mich bald weg hast! Daß ich Dich nicht mehr auslachen kann! Daraufhin! (Trinkt.)

Hoppe (lustig): Also ausgelacht hast Du sie, Hans? Ganz recht! Das verdient sie auch! Und jetzt zur Versöhnung soll sie uns was vorsingen.

Annchen (an ihrem Glase nippend): Ach, Onkelchen, ich kann ja nichts.

Hoppe (trinkend): Du kannst nichts? Wozu hast Du denn Stunde gehabt? Zeig mal Deinem Cousin!

Hans (mit verzweifelter Lustigkeit): Ja, sing, Annchen! Sing! So recht was zum Abschied! Auf Nimmerwiedersehen!

Annchen (aufstehend): Hanschen, kennst Du „Lang, lang ist's her"? Das paßt gerade. Das geht so recht traurig.

Hans: Nein, das kenn' ich nicht. Aber Du mußt das singen. Das klingt schon so.

Annchen (geht nach hinten zum Salon, schlägt die Portieren etwas zurück, geht hinein. Man hört sie ein paar Töne anschlagen, ohne daß sie zu sehen ist.)

Hoppe (vor sich hinsummend): Lang ist es her . . . Lang ist es her. Das kannst Du mir glauben, Hans . . . (Trinkt nachdenklich.)

Hans (sein Glas leerend). Das glaub' ich, Onkel Hoppe.

Hoppe: Aber gewesen ist es darum doch. Frag nur Deine Mutter, Hans. Oder frag sie lieber nicht, sonst wird sie am End' noch bös, das gute Kind.

Annchen (singt im Salon): „Lang ist es her." (Vorn schweigende Versunkenheit, Gläsernippen.)

Hoppe (erhebt sich nach ein paar Augenblicken, geht auf den Zehen zum Bücherregal, kommt mit einer Cigarrenkiste zurück, halblaut): Das hab ich ganz vergessen. Vielleicht steckst Du Dir doch eine an, Hans?

Hans (ebenso): Nein, danke, Onkel Hoppe. Immer noch nicht. Du weißt ja, das hab' ich mir noch nicht angewöhnt.

Hoppe (steht am Tisch, zündet sich eine Cigarre an, halblaut): In Deinem Alter hab' ich schon wacker geraucht, Hans. Aber Pfeife natürlich. Cigarren wären zu teuer gewesen. (Setzt sich wieder.)

Annchen (hat zu Ende gesungen. Die Töne sind verklungen. Kurzes Schweigen.)

Hans (halb vor sich hin): Lang, lang ist's her. Ich denk', Onkel Hoppe, wie das sein muß, wenn man so sitzt und an seine Jugend zurück denkt. An all das Schöne, was man erlebt hat.

Hoppe (lauschend): Hörst Du, wie die Drossel pfeift

im Garten? Da draußen, der Frühling siehst Du, der ist jung geblieben. Aber man selbst ist alt und grau. Aber das soll uns nicht hindern, auch mal eins anzustimmen. Man wird sich doch von Euch jungen Leuten nicht beschämen lassen.

Hans (begeistert): Ach ja, Onkel Hoppe. Irgend ein Studentenlied!

Annchen (ist wieder nach vorn gekommen): Sehen Sie Onkelchen, ich hab ja gesagt, wenn Hanschen hier ist, werden Sie schon singen.

Hoppe: Damit Du doch siehst, Hans, wir waren auch schon was. Wir gaben Euch nichts nach. (Trinkt, räuspert sich, stimmt an.) Im tiefen Keller sitz ich hier . . (Absetzend.) Begleiten muß ich mich aber doch! (Steht auf, geht in den Salon. Man hört ihn während des Folgenden den ersten Vers singen und hier und da einen Ton anschlagen.)

Annchen (hat sich neben Hans gesetzt, gedrückt): War das Lied so gut, Hanschen, was ich gesungen hab'?

Hans (stößt sein Glas auf den Tisch): Das war gut, Anna! Das paßte. (Summend.) „Sing' mir das Lied . . ." (Leise) „Das dereinst mich bethört."

Annchen: Wenn Du fort bist, Hanschen, kannst Du daran denken, daß ich das gesungen habe. Dann kannst Du Dich an mich erinnern.

Hans: Dann werd' ich mich an Dich erinnern.

Annchen: Und wenn Du mal wiederkommst . . .

Hans: Wiederkommen, Anna? Mein Gott! Wer weiß, wann!

Ännchen: Aber nach zehn Jahren kommst Du doch wieder, Hänschen?

Hans: Nach zehn ... Jahren! ... (Versunken): Nach zehn Jahren ... Dann sind wir alt und kalt.

Ännchen: Alt und kalt.... Siehst Du, Hänschen, dann kannst Du doch wiederkommen. Dann wirst Du doch vergessen haben, wie die schlechte Anna Dich geärgert hat.

Hans (sich mühsam beherrschend): Und Dich der schlechte Hans.

Ännchen: Dann kommt das so, wie ich mir immer gedacht habe. Dann bin ich ein altes Mädchen und sitz' in der Stube und leist' dem Onkel Gesellschaft. Der ist dann auch schon ganz alt und wir erzählen uns was von unserm Hänschen, das nicht kommen will.

Hans (galgenhumoristisch): Das wir dann schon lang vergessen haben. Jawohl! (Stürzt sein Glas hinunter.) Warum trinkst Du nicht, Anna? Trink und vergiß! (Faßt ihre Hand und schüttelt sie krampfhaft.)

Ännchen (sieht ihn mit stummen, verschwimmenden Augen an.)

Kaplan (tritt ein, im schwarzen Rock, wie vorher, sonderbar lustig): O die vergnügte Welt! Bei Bier und Wein wird gefeiert. Und der Herr Pfarrer sitzt und singt ein geistliches Lied. (Kommt näher.)

Hans: Warum soll man nicht! Das Leben ist kurz! Prost Anna!

Kaplan (am Tisch, setzt sich): Der Herr Studiosus hat Recht. Das ist schon die Erkenntnis des alten

Heiden Horaz. Folgen wir seinem Beispiel. Wenn die Panna mir ein Glas geben will . . . .

Annchen (aufstehend): Gleich, Herr Kaplan, sollen Sie haben. Wie aufgelebt der Herr Kaplan auf einmal ist! Ganz anderes Gesicht macht er. (Vor ihm): Bloß noch tanzen müssen Sie, Herr Kaplanchen.

Kaplan: Bloß noch tanzen fehlt! Die Panna hat Recht.

Annchen (kokett): Wollen Sie nicht, Herr Kaplan? Hanschen tanzt ja mit mir nicht. Da muß ich Sie schon holen.

Kaplan: In Ermangelung eines Bessern muß der Kaplan gut genug sein, nicht wahr, Panna Annuschka?

Annchen (schalkhaft): Ja, Herr Kaplan?

Kaplan (erhebt sich): Gut, wenn die Panna befiehlt, wollen wir auch tanzen. Mit den Wölfen müssen wir heulen, sagt das Sprichwort. Das hilft nicht anders. Fangen wir gleich an. Der Herr Pfarrer wird spielen. (Will sie engagieren.)

Annchen: Bloß noch ein Glas, Herr Kaplan . . . (Ausgelassen): Ach tanzen! Ja tanzen! (Schnell ab.)

Hoppe (kommt aus dem Salon): Was hör' ich, Leutchen? Wer will tanzen? Der gute Gregor? Die Welt wird ja alle Tage toller. Das hätt' ich mir nicht träumen lassen, noch mal zu sehen.

Kaplan: Sie haben Recht, Herr Pfarrer. Es passieren heutzutage Zeichen und Wunder. (Humoristisch.) Wenn der Herr Pfarrer mir Dispens giebt, als mein geistlicher Vorgesetzter? . . .

Hoppe (Glas in der Hand): Kinderchen, das ist a u ch noch nicht oft passiert in diesem Hause. Das macht bloß weil Du hier bist, Hans.

Annchen (ist währenddes mit dem Glase eingetreten): Ja, nicht wahr, Onkelchen? Und jetzt will er so schnell wieder fort. Ich hab' ja schon so viel gebeten. Jetzt will ich noch einmal versuchen. (Mit vollem Blick): Hanschen, bleib' noch, ja?

Hans (kalt und scharf): Nein, Anna.

Kaplan (hat hastig getrunken): Bravo dem Herrn Studiosus! Kurz und klar! Die Panna hat ihre Blicke umsonst verschleudert.

Annchen (dreht sich zum Kaplan): Ach, Herr Kaplanchen, und unser Tanzen! Jetzt wollen wir nicht vergessen. Jetzt wollen wir lustig sein!

Kaplan (im Kampf): O Pannie! Pannie!

Hoppe: Ein Herr, der sich besinnt, ob er seiner Dame keinen Korb geben soll? So lang hätt' ich mich nicht besonnen, meiner Zeit. (Geht gegen den Salon.)

Annchen (kokett): Onkelchen, passen Sie auf, er kann ja nicht nein sagen, der Herr Kaplan.

Kaplan (überwunden): O, Pannie, Pannie, was machen Sie aus einem Menschen! (Giebt ihr den Arm.)

Annchen: Jetzt wollen wir zusammen tanzen und garnicht wieder aufhören. (Ab zum Salon, ohne auf Hans zu achten.)

Kaplan: Und einen polnischen Tanz, Herr Pfarrer, wenn ich bitten darf.

Hoppe: Ja, Leutchen, ich will sehen, was ich noch zusammen bringe. Lang genug hat das gerostet

in dem alten Kopf. (Alle drei ab in den Salon. Gleich
darauf hört man Musik und Tanz.)

Kurze Pause.

Amandus (erscheint in der Thür rechts, Teschin in
der Hand.)

Hans (hat mit gestütztem Kopf in tiefen Gedanken gesessen, richtet sich auf): Ach, sieh da, Cousin Amandus!
Na, was bringst Du?

Amandus (kommt näher, grinst zähnefletschend.)

Hans (zerstreut): Hast Du geschossen, Amandus?

Amandus (grinsend): Schöne Gewehr! . . . Treff'
ich so weit! (Legt das Teschin an und zielt auf Hans.)

Hans (noch immer zerstreut): Siehst Du, das glaub'
ich . . . (Plötzlich): Ist doch keine Kugel drin, Amandus?

Amandus (noch immer zielend und grinsend): So
viele Kugel! Ganz voll!

Hans (entsetzt aufspringend): Bist Du des Tausends,
Amandus? (Auf ihn zu.) Was fällt Dir überhaupt ein?

Amandus (läßt das Teschin sinken): Mach' ich bloß
Spaß! (Hält das Gewehr auf den Rücken.)

Hans (bei ihm, will ihm das Gewehr weg nehmen):
Ich danke für solchen Spaß! Gieb mir das Gewehr
her! Was willst Du überhaupt?

Amandus: Onkel wo ist?

Hans: Onkel spielt. Du hörst ja. Warum?

Amandus (zieht sich zur Thür zurück): Kuh wird
Junge bekommen. Wollt' ich sagen!

Hans (auf ihn zu): Die Kuh? So? Um so besser!
Gieb mir doch das Gewehr, Amandus, ja?

Amandus (schon halb in der Thür): Kuh wird kalben. Werd' ich kommen sagen. (Ab.)

Hans (steht einen Augenblick unschlüssig. Die Musik im Salon ist verhallt.)

Annchen (stürzt herein, glühend heiß. Kaplan und Hoppe folgen langsamer): Das war ein Tänzchen! Und wie gut Sie aufspielen können, Onkelchen! Das hab' ich garnicht gewußt!

Hoppe: Ein flotter Tänzer ist der gute Gregor doch! Ja, ja, was so Alles im Menschen drin steckt!

Kaplan: In einem jeden Menschen lebt der Teufel, wollen Sie sagen, Herr Pfarrer. Und wehe der armen Seele, wo der Teufel einmal losgebunden ist! (Setzt sich wieder an den Tisch und starrt vor sich hin.)

Hans (steht am Tisch, erhebt sein Glas): Wollen wir anstoßen, Annchen? Morgen um diese Zeit bin ich schon weg, dann bin ich nicht mehr im Wege.

Annchen (stößt mit ihm an): Ach, Hanschen, morgen um diese Zeit sind wir vielleicht schon tot. Wer kann wissen!

Hans: Um so besser für uns! Aber jetzt, Annchen, will ich Dir mal was zeigen am Klavier. Das darfst Du mir nicht abschlagen. (Geht zum Salon.)

Annchen (folgt ihm schweigend.)

Kaplan (auffahrend): Auf ein Wort, Herr Pfarrer.

Hoppe (hat sich gesetzt, behaglich): Bitte zwei, lieber Gregor. Ich werd' mir währenddes noch ein Gläschen Bier eingießen. (Schenkt sich ein.)

Kaplan: Fällt Ihnen nicht auf, Herr Pfarrer, die Vertraulichkeit der beiden jungen Leute unter sich?

Hoppe: Das kann ich nicht sagen. Die beiden Menschlein sind ja noch Verwandte unter sich. Und dann ist das mit dem jungen Volk überhaupt so. Das zankt sich und verträgt sich in einem Atem. Das haben wir nicht anders gemacht, mein lieber Gregor.

Kaplan: Das zankt sich und verträgt sich, Herr Pfarrer, sagen Sie. Aber küßt sich das auch?

Hoppe (sein Glas hinsetzend, behaglich): Küssen? Sollen wir das auch noch ins Programm mit aufnehmen? Ich denke, wir wollen ja sagen. Ich erinnere mich so dunkel . . . Nein, ernsthaft, mein guter Gregor, warum sollen sich die beiden Leutchen nicht gut sein? Vielleicht wird nochmal ein Paar aus ihnen.

Kaplan: Verzeihen Sie, Herr Pfarrer, ich erinnere an das Beispiel Ihrer armen Schwester. (Man hört aus dem Salon eine gedämpfte Melodie.)

Hoppe: (sich aufrichtend scharf): Dazu liegt gar keine Veranlassung vor, Herr Kaplan. Das sind Familienangelegenheiten, mit denen ich Sie noch garnicht behelligt habe.

Kaplan: Ich erachte für meine Pflicht, zu sagen, was ich gesehen und gehört habe. Die Grundsätze des jungen Herrn, was ich vernommen habe, sind mehr als locker.

Hoppe (ruhiger): Das habe ich bei Hans noch gar nicht bemerkt. Liegt wirklich eine Liebelei vor . . .

Kaplan (sehr ernst): Herr Pfarrer, Herr Pfarrer, zum letzten Mal! Ihnen wird noch leid thun. Ich warne. Ich warne. Es ist die höchste Zeit.

Hoppe (unerschütterlich): Hans ist der Sohn meiner

Jugendfreundin! Ein für allemal, Herr Kaplan, ich trau' ihm nichts Schlechtes zu. Uebrigens können wir ihn ja mal selbst hören. (Rufend): Hans! Hans!

Kaplan (erregt: Was wollen Sie, Herr Pfarrer?

Hans (kommt aus dem Salon, hinter ihm Annchen): Hier, Onkel Hoppe. Was soll ich? Du hast doch gerufen.

Hoppe (halb humoristisch): Komm mal her, Hans, ist das wahr, daß Deine Grundsätze so locker sind?

Hans (am Tisch, erstaunt): Was, Onkel Hoppe? Meine Grundsätze? Warum?

Hoppe: Der Herr Kaplan hat mir erzählt, daß Du so lockere Grundsätze haben sollst. Ist das wahr? Sag' mal Dein Glaubensbekenntniß her.

Kaplan (mühsam sich beherrschend): Hier vor dem Herrn Pfarrer frage ich Sie, Herr Studiosus, glauben Sie an einen Gott und an eine Vergeltung? Haben Sie überhaupt noch einen Glauben?

Hans (steht schweigend, wie betäubt.)

Annchen: Aber, Onkelchen, Hanschen ist ja heut' so schön in der Kirche gewesen, und morgen gehen wir wieder.

Kaplan: Ich frage Sie, Herr Studiosus.

Hoppe: Na, Hans, willst Du uns nicht sagen? Hat der Herr Kaplan Recht?

Hans (steht schweigend.)

Amandus (stürzt zur Thür herein, schreit): Kommen schnell! Kuh haben Junge! Kommen schnell! Große Kalb!

Ännchen (lebhaft): Ach, Onkelchen, schnell! Dann müssen wir sehen!

Hoppe (aufspringend): Also doch heute eingetroffen! Hätt' ich nicht gedacht! Ja, jetzt schnell, Anna, ob auch Alles in Ordnung ist.

Ännchen (schon an der Thür): Schnell! Schnell! (Beide ab.)

Kurze Pause.

Kaplan (richtet sich auf, steht Hans gegenüber): Herr Studiosus, Sie haben geschwiegen. Sie sind gerichtet.

Hans (erwachend): Ich weiß nicht, Herr Kaplan, warum Sie mich überhaupt danach fragen? Sie sind doch nicht mein Religionslehrer.

Kaplan: Warum, junger Herr? Das will ich sagen. Weil ich warnen will vor dem reißenden Wolf im Schafspelz, welcher umherzieht und unschuldige Herzen will verführen.

Hans (setzt sich an den Tisch, schenkt sich Wein ein): Ach, Herr Kaplan, wir wollen garnicht davon reden. Wir werden ja doch nicht einig darüber.

Kaplan (auf halbem Wege zur Thür, dreht sich um): Nicht einig wir beide, in Wahrheit, so wahr Himmel und Hölle nicht werden einig werden mit einander von Ewigkeit zu Ewigkeit. (Geht rechts hinaus.)

Pause.

Hans (sitzt, trinkt hier und da, fängt an, vor sich hin zu summen):

Und gestern noch Aug' in sehnendem Aug' gegenüber!
Und heute! Und heute! Alles vorüber!
Vielleicht auf ein Leben auseinander geweht!
Vielleicht auch nach Jahren ein Wiederseh'n spät...

Ännchen (kommt hastig von rechts, sieht sich verstohlen um): Ist Niemand hier, Hänschen?

Hans (zusammenfahrend): Du, Anna? Ich denk', Du bist draußen? Nein, Alles weg. Ich sitz' allein. Der Kaplan ging seiner Wege.

Ännchen (hastig): Ich bin weggelaufen, Hänschen. Der Onkel ist noch draußen im Stall. Er kann jeden Augenblick kommen. Du mußt mir sagen . . . (Setzt sich zu ihm, schaut ihn an.)

Hans (traurig): Was denn, Anna?

Ännchen (umschlingt ihn): Du mußt nicht mehr so ein Gesicht machen. Ich kann das garnicht sehen. Du mußt wieder gut sein.

Hans: Ich bin ja garnicht bös' gewesen. Bloß traurig, daß Du so von mir denkst, daß ich Dich aus= lachen kann.

Ännchen: Ach, Hänschen, ich denk' das ja gar nicht. Ich hab ja bloß so gesagt.

Hans (kopfhängend): Hätt'st Du's doch auch ge= meint! Dann könnte ich wenigstens leichter weg!

Ännchen (ihn umklammernd): Hänschen, ich laß Dich nicht weg! Ich kann ja nicht leben, wenn Du nicht mehr hier bist!

Hans (verzweifelt): Ännchen, Ännchen, was red'st Du!

Ännchen (mit großen, entsetzten Augen): Der Kaplan will mich ja ins Kloster haben! Aber wenn Du hier bist, hab' ich keine Angst!

Hans (aufgeregt): Aber, Anna, wie kommst Du auf sowas! Das kann der Onkel doch nie zulassen.

Ännchen (wie vorher): Der Kaplan hat ja schon geschrieben. Er hat ja schon Antwort. Wenn Du weg bist, kann er mit mir machen, was er will! Du mußt bleiben, Hanschen! Du mußt bleiben!

Hans (springt auf, läuft auf und ab, außer sich): Aber, Anna! Anna! Was soll das werden! Was soll das werden!

Ännchen (auf und zu ihm): Ich will Dich auch garnicht mehr ärgern. Ich will auch Alles thun, was Du sagst!

Hans (zitternd, mit krampfhaftem Händedruck): Ännchen, wirklich . . . ??

Ännchen: Und wenn Du nicht immer bleiben willst, wenigstens noch eine Zeit lang! Noch ein paar Wochen! Ein paar Tage! Nachher dann sterb' ich!

Hans (wahnsinnig): Ach, Ännchen, sterben! Sterben! Dann gehen wir zusammen!

Ännchen (an seiner Brust): Ja, aber jetzt noch nicht, Hanschen! Jetzt müssen wir noch leben und lustig sein!

Hans (reißt sich los, auf und ab, mit fliegendem Atem, plötzlich): Soll ich bleiben, Anna?

Ännchen (jubelnd): Hanschen, Du bleibst! Du bleibst!

Hans (auf sie zu, reißt sie an sich, mit heißem Flüstern): Ännchen! Ännchen . . ?!

Ännchen (in seinen Armen, schwach): Drück mich tot, Hanschen! Drück mich tot!

Hans (hebt sie mit einem Ruck in die Höhe und setzt sie wieder zu Boden): Jetzt kann die Welt untergehen!

Vorhang.

Dritter Aufzug.

Dritter Tag. Früh Morgens nach 7 Uhr. Wohnzimmer wie vorher. Glänzend blauer Frühlingsmorgen. Breite Sonnenstreifen liegen über den altmodischen Möbeln. Die Fenster stehen weit auf. Im Garten Vogelgezwitscher. Ännchen in leichter Morgenkleidung, sitzt am Sofatisch, verbirgt den Kopf in den Händen. Aufgelöste Haltung. Schweigen.

Hans (kommt von rechts her, verstört, zurückhaltend, geht langsam zum Tisch, steht nachdenklich da, betrachtet Ännchen, nach einem Augenblick leise): Weine nicht, Ännchen!

Ännchen (zusammenfahrend): Ach mein Heiland! (Sieht erschreckt auf.)

Hans (traurig): Hast Du Angst vor mir, Ännchen?

Ännchen (verbirgt ihren Kopf an ihm, umfaßt ihn) Ich hab' gedacht, der Onkel. Vor Dir ja nicht, Hanschen. (Schweigendes Beieinander.)

Hans (mit tiefem Seufzer): Ja, ja, Ännchen.

Ännchen: Wenn der Onkel kommt, Hänschen, ich weiß garnicht, wie ich ihm ins Gesicht sehen soll.

Hans (traurig): Thuts Dir schon leid, Anna?

Ännchen (sich aufrichtend, mit zärtlichem Blick): Für Dich thut mir nichts leid, Hänschen. Bloß der arme Onkel . . .

Hans (wie vorher): Ach, denk' nicht daran, Ännchen. Ich bleib' ja jetzt hier. Ich werd' ja jetzt hierbleiben. (Setzt sich auf den Stuhl gegenüber dem Sofa, stützt den Kopf, starrt melancholisch zum Fenster.)

Annchen (mit ihren Blicken an ihm hängend): Sei nicht so traurig, Hanschen. Dir wird schon gefallen hier. (Faßt seine Hand.)

Hans (versunken): Ich hab' Dir das ja versprochen! (Springt auf, atmet schwer.) So eng hier im Zimmer! So eng! (Am Fenster): Und dabei ist das Fenster auf. (Streckt den Kopf hinaus, atmet ein, langsam wieder zurück, leichter.) Ach, die Morgenluft thut wohl!

Annchen (wieder in ihrer Angst): Wenn das nur erst vorbei wär'! Daß der Onkel aus der heiligen Messe zurück ist!

Hans (am Fenster): Was das doch heute für ein wunderbarer Tag wird! Wenn ich so denk', jetzt in die Welt raus! (Reckt sich krampfhaft.)

Annchen (halb für sich): Ich glaub' wahrhaftig, das ist das erste Mal, daß ich nicht in der heiligen Messe bin des Morgens. Was wird der Onkel bloß denken!

Hans (unmutig auf und ab): Der Onkel und der Kaplan und Der und Jener! Ja, wenn Du vor den' Allen Angst hast! Was soll ich denn sagen?

Annchen: Du Hanschen und ich! Aber ich hab' ja vor nichts Angst. Mich können sie ja totschlagen. Mir thut bloß der arme Onkel leid, daß er das an mir erleben muß.

Hans (aufgeregt vor ihr stehen bleibend): So also ich, meinst Du? Ich . . .?! Und was meine Eltern sagen werden, daran denkst Du nicht, wenn ich nicht zur Universität gehe und überhaupt . . . (Auf und ab.) Ich

mag mir das garnicht ausmalen! Garnicht aus—
—malen!

Annchen (leise): Hanschen?

Hans (kommt zu ihr, umfaßt sie plötzlich, drückt und küßt sie): Bist Du mir auch ganz gut, Annchen?

Annchen (in seinen Armen): Das weißt Du doch, Hanschen.

Hans (festhaltend): Ueber Alles.

Annchen (leise): Ueber Alles.

Hans (sie mit seinen Blicken verzehrend): Was wolltest Du fragen, Annchen?

Annchen (wieder furchtsam, leise): Wenn mich bloß keiner gesehen hat, wie ich zu Dir rankam heut' . . .!

Hans (legt die Hand auf ihr Haar): Heut' Nach . . Aber Annchen, das hab' ich Dir doch schon so ausgeredet heut'! Jetzt kommst Du mir wieder damit! (Unmutig): Ach weißt Du, Dir thut das bloß leid, daß Du . . . Das ist das Ganze.

Annchen: Nein, nein, Hanschen, ganz gewiß! Mir war ganz genau so, als wenn Einer hinter mir kam. (Schauernd.) Ich war ja so froh, wie ich erst bei Dir war! Wenn mich das gepackt hätte! Sonst wär' ich gewiß noch umgekehrt!

Hans (ärgerlich): So und wärst vielleicht garnicht . . . Da sieht man ja!

Annchen (ebenfalls unmutig): Ach, man thut Alles! Man wirft sich weg und nachher bekommt man's noch!

Hans (nachdenkend): Ja, aber was kann denn das gewesen sein, Annchen? Ein Geist doch nicht?

Annchen (verzweifelt): Laß gewesen sein, was will! Alles .! Bloß der Onkel! Der arme Onkel! So gut gegen mich gewesen und ich bin so schlecht! So grundschlecht! (Schluchzt.)

Hans (mit Thränen in den Augen): Du bist nicht schlecht, Annchen! Du mußt nicht weinen! Ich kann Dich ja nicht weinen sehen! (Wirft sich über sie und küßt ihr die Thränen aus den Augen.)

Annchen (aufgelöst): Ich verdien' garnicht, daß mir 'n Mensch gut ist!

Hans (schluchzend, mit geballten Fäusten): Ich ertrag' das ja nicht! (Kurze, leidenschaftliche Umarmung.)

Hans (richtet sich auf, betrachtet Annchen, die im Stuhl zurückgelehnt sitzt, mit wilder Sinnlichkeit): Annchen, Du bist so schön! So schön, wenn Du so sitzest! (Packt ihren Arm.) Ich könnt' ja Alles vergessen! (Außer sich): Küsse mich! Küsse mich! (Beugt sich über sie.)

Annchen (ihn küssend): Hanschen, mein einzigstes! Ach . . .!!

Hans: Mir gehörst Du! Jetzt können Alle kommen!

Annchen: Laß sie mich totschlagen, Hanschen! Laß sie mich totschlagen! Mir ist Alles egal! (Inniges Schweigen.)

Hans (läßt sie los, spaziert wieder umher, reckt die Arme): Ach, so eine süße . . . (Plötzlich): Und jetzt kommt der Kampf! Jetzt heißt es . . .!! (Vor Annchen): Worüber sinnst Du, Annchen?

Annchen (versunken): Ich muß soviel an Mutterchen denken. Ob die meinen Vater auch so lieb gehabt hat, wie ich Dich?

Hans (melancholisch): Ach, Annchen, vergessene Geschichten! Warum denkst Du daran? Diesmal wird das anders.

Annchen (vor sich hin): Ich kann mir ganz gut denken, wie das gekommen ist. Wir sind so. Wenn wir einem Menschen gut sind, kann er uns um den Finger wickeln. Wie ich Dich vorgestern zuerst gesehen hab', hab ich gleich Alles gewußt. Und nachher, dann kommt das auch so.

Hans (gerührt): Ach, Anna, Du mußt nicht sowas sagen. Das ist diesmal eine ganz andre Geschichte.

Annchen (unbeirrt): Dann gehst Du auch weg und ich bleib' allein. Grad' so wie Mutterchen. Dann kommt das wieder so.

Hans (erregt). So? Und was noch? Was noch?

Annchen: Aber ins Kloster geh' ich nicht. Mutterchen brauchte doch wenigstens nicht ins Kloster. Wenn der Kaplan wieder mit seinem Brief kommt, dann nehm' ich das Teschin und geh' in den Garten unter den Birnbaum und schieß mich tot. Aber Du mußt mir auch versprechen, Hanschen, daß Du mich nicht ganz vergessen wirst. Daß Du noch an Dein Annchen denken wirst! (Lächelnd): An Deine erste Liebe, was, Hanschen?

Hans (zwischen Rührung und Zorn): So, also das sagst Du und meinst, ich bin solch ein Mensch! Dann sag' doch einfach, daß Du mich weghaben willst!

Daß Dir nichts an mir liegt! Sonst würdest Du doch nicht so reden! Gut, dann geh' ich!

Annchen (ihn an sich ziehend): Ich bin doch Deine erste Liebe? Du hast mir doch die Wahrheit gesagt, Hanschen, ja?

Hans (sie liebkosend): Muß ich Dir das noch sagen, Anna?

Annchen (leise): Ach, ich bin ja so glücklich. Das wär ja so schön, wenn Du bleibst. Aber ich glaub' das ja nicht. Das wär zu schön!

Hans (weich): Annchen, warum nicht? Warum glaubst Du mir nicht? Meinst Du, ich hab' Angst vor Jemand? Ich kann das offen Jedem sagen.

Annchen (wie visionär): Hanschen, Du bleibst nicht! Du bleibst nicht! Red' nichts.

Hans (richtet sich auf, steht in Gedanken): Also ich bleib' nicht, meinst Du! (Langsam durch's Zimmer, mit schweren Schritten): Ich bin solch' ein Mensch, meinst Du! Ich halt's nicht aus! (Verzweifelt mit der Faust auf den Schreibtisch schlagend): Ich halt's auch nicht aus! Weg muß ich doch! Das weiß ich schon! (Vor sich hinbrütend): Ich hab' solch einen Drang, ich werd' nirgend bleiben. Der Kaplan hat ganz Recht. Mit mir wird nichts. Ich geh' unter. (Vor Annchen): Ja, ja Annchen, wie der Mann gesagt hat, ich geh unter.

Annchen (traurig): Mein armes Hanschen!

Hans (erschüttert): Mein armes, armes Annchen! (Krampfhaft.) Dann geh' ich unter! Dann ist's auch noch so! Wenn's nur erst soweit wär'! Daß man nicht mehr den Kampf hat! Den gräßlichen Kampf!

(Setzt sich an den Tisch, brütet vor sich hin): Wenn ich so denk', vorgestern um diese Zeit! Und heute! Wie ein Traum Alles! Wie ein Traum! Da war ich noch unterwegs. Da malt' ich mir das noch aus! (Springt auf in verzweifelter Ekstase): Ich bin ja so glücklich gewesen! So glücklich! Das sind' ich ja nicht wieder! Nie... wieder! Ich kann ja nicht ohne Dich denken, Anna! (Wahnsinnig.) Das ist ja unsa...a...ß...bar! (Schlägt mit dem Kopf auf die Tischplatte.)

Annchen (hat plötzlich nach außen gelauscht, fährt erschreckt auf): Ach, mein Gottchen! Es hat schon geläutet! Jetzt ist die heilige Messe zu Ende. Jetzt müssen sie jeden Augenblick kommen. (Beugt sich über Hans): Hanschen, was ist Dir? Was ist Dir, mein Hanschen?

Hans (richtet sich auf, verstört): Nichts, Annchen. Mir ist schon wieder gut.

Annchen (aufgeregt horchend, mit aufgerissenen Augen: Sie kommen! Sie kommen! Hanschen, laß mich bloß nicht im Stich! Ich bin ja des Todes! (Umklammert ihn.)

Hans (sucht sich loszumachen): Anna, ich kann nicht! Laß mich bloß nach oben! Wir können doch nicht beide, so wie wir sind. In dem Zustand! Jeder sieht ja! (Fast weinend): Annchen, komm doch zu Dir! Ich komm ja nachher wieder runter! Bloß jetzt nicht! (Hat sich losgemacht, will weg.)

Annchen (mit einem Schrei zusammensinkend): Hans—chen!

Hans (schon in der Thür, verzweifelt): Anna, ich kann nicht! (Ab.)

Kurze Pause.

Kaplan (und hinter ihm Amandus treten vom Salon her ein. Kaplan im Meßornat, kalt und finster): Guten Morgen, Pannie! (Geht durchs Zimmer zur Thür rechts.)

Annchen (hat sich bei seinem Eintritt etwas zu fassen gesucht, steht am Tisch): Guten Morgen, Herr Kaplan. (Sich umsehend) Aber der Onkel! Wo haben Sie denn Onkelchen, Herr Kaplan? Kommt er noch nicht aus der Kirche?

Kaplan (an der Thür): Der Herr Pfarrer nimmt noch Beichte ab. Ich habe die heilige Messe gelesen am heutigen Morgen, Pannie. Die Seelenmesse für Ihre Mutter, Pannie.

Annchen (zerschmettert): Für Mutterchen? Die Seelenmesse! (Schlägt die Hände vor's Gesicht): Und ich hab' von nichts gewußt! (Schluchzend): Grade heute auch!

Kaplan (kalt): Ich habe geglaubt, einen Dienst zu erweisen. Ich habe nicht wissen können, daß die Panna fehlen wird zur heiligen Messe. Ich bedauere vielmals. (Rechts ab.)

Annchen (aufgelöst): Und grade heute!

Kurze Pause.

Amandus (hat währenddes im Zimmer herumgeschnüffelt, kommt zu Annchen, betrachtet sie, nach einem Augenblick): Beten so schön für Mutterchen! (Faltet die Hände.)

Annchen (mit gefalteten Händen, leise): Mutterchen

im Himmel, bitt' Du für mich! Du bist gut dran! Aber ich Arme!

Amandus (mit Grimasse): Wird schimpfen Onkel!

Annchen: Weswegen, Amanduschen? (Geht zur Thür.)

Amandus: Schwänzen heilige Messe! Liebe Gott bös.

Annchen: Mutterchen wird mir verzeihen. Und der liebe Gott auch. (Rechts ab.)

Amandus (schnüffelt wieder im Zimmmer umher, guckt auf den Wäscheschrank, holt einen halbvollen Teller mit Waffeln herunter, grinst, fängt an, behaglich eine nach der andern zu verzehren.)

Annchen (kommt mit Kaffeegeschirr, sieht Amandus bei den Kuchen, stürzt zum Tisch, setzt das Kaffeegeschirr ab, wieder zurück zu Amandus): Die Kuchen her, Amanduschen! Die paar, die ich noch für Hanschen weggestellt hab'! Und Du ißt sie auf! Gleich giebst die Kuchen her! (Nimmt ihm den Teller weg, schließt ihn in den Schrank.)

Amandus (wirft ihr seine Waffel vor die Füße, tückisch): Laß auffressen! (Mit Geberde auf sich.) Wird sich rächen! Alles abgeben! Alles pätzen!

Annchen (gleichmütig, indem sie wieder den Kaffeetisch anordnet): Ach Amanduschen, ob Du was pätzt oder nicht, danach frag' ich nicht. Nimm' Dich bloß in Acht, daß Du nicht mit Hanschen zusammen kommst. Sonst geht's Dir noch schlecht.

Amandus (tückisch): Aasknochen!

Annchen: Pfui Amandus! Solche Worte! Schäm Dich doch! Hast Du das in der Kirche gelernt?

Kaplan (kommt von rechts her, wieder im schwarzen Rock): Störe ich die Panna?

Annchen: Aber nein doch, Herr Kaplan! Ich setz' ja den Kaffee auf. Sie sollen gleich trinken mit Amandus. (Sucht seinem Blick möglichst auszuweichen, macht sich hier und da etwas zu thun.)

Kaplan (sie verstohlen ansehend): Und die Panna? Wird sie **nicht** trinken?

Annchen (zur Thüre gewandt): Ach nein, Herr Kaplanchen. Ich mag noch nicht. Ich hab' noch keinen Appetit. Wenn der Onkel kommt, trink' ich. (Ab mit scheuen Blick zum Kaplan.)

Kaplan (setzt sich an den Tisch, in düstern Gedanken, fängt an, sich einzuschenken.)

Amandus (nähert sich vom Fenster, wo er so lange lauernd gestanden hat, dem Kaplan, in gedruckter Haltung, wie zum Sprunge gerüstet. Sein Aussehen hat etwas Tigerartiges. Seine Augen glitzern. Seine Stimme klingt heiser): Hab' ich gesehen Annuschka heute Nacht. Giebt mich keine Kuchen. Nichts. Alles erzählen! Alle hören!

Kaplan (aufsehend, erschreckt): Was ist mit Dir geschehen, Amandus? Wie siehst Du aus? Was willst Du erzählen? Was weißt Du denn?

Amandus (vor ihm, sehr geläufig): Weiß ich was von Annuschka. Ist sie gegangen die Nacht. Bin ich auf. Knastert was. Immer Treppchen! Treppchen! Bin ich raus! Knief halt ich! (Hält sein Messer aufgeklappt in der Hand, immer mit Geberde): Ganz dunkel! Huu! So dunkel! Geht sich auf Zehen! Geh' ich doch nach! Paß ich auf! Thür auf von Fremde! Scheint sich Licht von draußen! Seh ich Annuschka!

Grabrein: Thür zu! Stech ich! (Brüllend): Stech' ich tot! Alle Gedärme reiß' ich aus lebendig!

Kaplan (ist aufgesprungen, geht heftig auf und ab, bleibt vor Amandus stehen): Amandus! Der liebe Gott im Himmel hört Alles, Du weißt. Der liebe Gott wird strafen, wenn Du lügst! Vielleicht auf der Stelle wirst Du tot sein. Der liebe Gott weiß Alles. Ist w a h r, was Du gesagt hast? Hast Du gesehen?

Amandus (Hand auf dem Herzen): Bei Gott! Bei Gott!

Kaplan (erschüttert): Ich habe gewußt! Ich habe gewußt! (Muß sich auf den Stuhl setzen.)

Amandus (zum Fenster hinausguckend, schreit plötzlich): Alle Hühner! Alle Hühner! (Stürzt rechts hinaus.)

Kurze Pause.

Hoppe (kommt vom Salon her, mit übergeworfenem Chorhemde, sieht sich um): So allein beim Kaffee, mein lieber Gregor? Und die Anna läßt Sie so treulos sitzen? Und wo ist denn Freund Hans, der Langschläfer? (Geht zum Schrank, legt das Chorhemde ab.)

Kaplan (zurückhaltend): Die Panna hat warten wollen, bis der Herr Pfarrer wird dasein.

Hoppe (beschäftigt): Und Hans?

Kaplan: Der Studiosus ist noch nicht zu Gesicht gekommen. Er wird wohl nicht weit sein, wo die Panna ist.

Hoppe (wieder in seinem Hausrock, geht zur Thür rechts, ruft hinaus): Anna, wo bist Du? Mein Nichtchen! Meine Stütze auf meine alten Tage! Wo steckst Du?... Nichts zu sehen. Alles tot. Auch Ma=

ruschka. (Kommt wieder zum Tisch, setzt sich): Dann wollen wir uns den Kaffee ohne Dich schmecken lassen. Wollen uns bequem machen in diesem Jammerthal. Sonst hat man garnichts davon gehabt. (Schenkt sich die Tasse voll): Alt genug ist man ja geworden. Jetzt kommt das jüngere Geschlecht an die Reihe. Wir Alten haben schon unser Lastchen getragen. Wir sind schon schief und lahm geworden. Jetzt wollen wir Euch das mal überlassen. (Betrachtet Gregor): Aber im Großen und Ganzen kann ich sagen, haben wir unser Päckchen leichter getragen, als Ihr jungen Herrn. Daß ich am frühen Morgen schon solch ein Leichenbittergesicht aufgesetzt hätte, wie Sie, mein lieber Kaplan, am heutigen schönen Morgen, das wüßt ich wirklich nicht zu erinnern. Müßte mir schon sehr in den Knochen gelegen haben.

Kaplan: Sie werden auch nicht die Ursache gehabt haben, Herr Pfarrer, zu Ihren Tagen, wie wir heute in dieser Sünden- und Sinnenwelt.

Hoppe (Kaffee trinkend): Das steht doch noch sehr dahin, mein lieber Gregor. Mir kommt garnicht vor, als wenn die Welt im Allgemeinen schlechter geworden ist. Das wird wohl so breit wie lang sein. Nein aber was mir scheint, Sie haben einen ganz kleinen Kater von gestern mitgebracht. Sie haben ja noch nicht einmal Ihren Kaffee ausgetrunken. Trinken Sie nur, der thut gut für solche kleinen Verstimmungen.

Kaplan (finster): Mir ist garnicht zu Mut, Herr Pfarrer, nach Ihren Scherzen.

Hoppe (jovial): Alle Anzeichen von felis communis. Sie wissen ja, von dem gemeinen Feld-, Wald- und Wiesenkater. Oder sollen wir gar auf graues Elend diagnostizieren?

Kaplan: Sie haben Recht, Herr Pfarrer, ich bedaure meinen Leichtsinn vom gestrigen Tage. Ich habe mich hinreißen lassen. Ich habe einen Moment vergessen, was ich meinem geistlichen Stande schuldig bin. Ein Priester, welcher sich vergißt, zu tanzen, verdient die Weihen nicht. Ich bin unwürdig, ich weiß. Ich habe die Nacht im Gebete vor Gott gelegen. Er hat meine Reue gesehen. Vielleicht verzeiht er mir.

Hoppe (gutmütig): Sie reiben sich viel zu sehr selbst auf, mein lieber Kaplan. Ein Tänzchen ist noch keine Todsünde, besonders wenn Ihr geistlicher Vorgesetzter Ihnen Dispens gegeben hat.

Kaplan (erregt): Habe ich aber auch Dispens von meinem Gott, Herr Pfarrer? Wenn ich denke, der Versuchung erlegen zu sein! In die Fallstricke gegangen des bösen Geistes! Wehe dem, von welchem schlechtes Beispiel ausgeht! Wie einen Stein werfen auf Andere, der ich selbst Aergernis gegeben habe!

Hoppe (ernst): So sind Sie auf dem richtigen Wege, Herr Kaplan. Erinnern Sie sich, was ich Ihnen immer vorgehalten habe? Sie waren mir immer zu streng, zu scharf. Sie verdammten mir gleich zu sehr in Grund und Boden hinein. Die kleinen Gebrechen der Menschlichkeit wollen entschuldigt sein. Richtet nicht, damit ihr nicht gerichtet werdet. Wir sind alle fehlbar.

Kaplan (erregt): Wir sind alle fehlbar. O gewiß!

Aber der Eine im Kleinen, und der Andere im Großen. Des Einen Sünde kann verziehen werden, denn er hat nur sich selbst getroffen, und wenn er bereut, so kann er geläutert aus der Prüfung hervorgehen und sein Leben kann sein von da ab wie ein weißes Kleid. Des Andern Sünde aber wird **nicht** verziehen, weder auf Erden noch im Himmel.

Hoppe (ernsthaft): Ich muß Sie korrigieren, Herr Kaplan. **Alle** Sünden können verziehen werden nach der Lehre unserer Kirche, wenn sie ordnungsmäßig gebeichtet und bereut werden. Muß ich Ihnen, als Priester, das erst **sagen?**

Kaplan (fanatisch, leidenschaftlich): Ich aber sage, Herr Pfarrer, **diese Sünde kann nicht verziehen werden** in Ewigkeit, denn er hat sich nicht nur selbst erniedrigt zum Tier. Er hat auch Andre hineingezogen in seinen Fall und hat sie betrogen um ihr zeitliches und ewiges Heil.

Hoppe: Von wem sprechen Sie, Herr Kaplan? Bezieht sich das auf irgend Jemand bestimmtes oder ist das nur ein Gleichniß, das Sie so wählen?

Kaplan (mit mühsamer Beherrschung): Das ist kein Gleichniß, Herr Pfarrer! Das ist eine Thatsache, wovon ich spreche. Eine traurige! Das ist die Bestätigung, was ich gestern prophezeit habe. Und Sie haben nicht hören wollen. Sie haben die Welt besser gekannt! Nun ist es zu spät. Nun ist Alles **verloren.**

Hoppe (sich aufrichtend): Sprechen Sie von meinem

Neffen! Oder was wollen sie überhaupt sagen? Deutlich, Herr Kaplan!

Kaplan: Ich spreche von dem Verführer, welchen Sie in Ihr Haus gelassen haben, Herr Pfarrer. Um so schlimmer, daß Ihr eigner Neffe ist!

Hoppe (sich beherrschend): Etwas mehr in Mäßigung und Ruhe wollen wir Alles abmachen, Herr Kaplan. Was ist geschehen?

Kaplan (außer sich): Mäßigung, Herr Pfarrer, wo eine arme, unschuldige Seele für immer in Schande und Verderben gestürzt ist?! Fragen Sie die Panna Annuschka, was zwischen gestern und heute vorgefallen ist mit ihr und dem Studiosus!

Hoppe (stützt den Kopf auf und schweigt).

Kurze Pause.

Kaplan (ruhiger): Fragen Sie die Panna, Herr Pfarrer! Ich bitte darum. Soll ich rufen? (Geht zur Thür.)

Hoppe (sich aufrichtend): Thun Sie, was Sie nicht lassen können, Herr Kaplan. Wir wollen sehen.

Kaplan (geht rechts hinaus, man hört ihn rufen): Panna Annuschka!... Panna Annuschka!

Kurze Pause.

Hoppe (brütet vor sich hin, trommelt leise auf den Tisch.)

Kaplan (erscheint wieder in der Thür.)

Annchen (hinter ihm, noch draußen): Was soll ich, Herr Kaplan?

Kaplan (ernst): Der Herr Pfarrer ruft die Panna. (Geht langsam ins Zimmer hinein.)

Ännchen (Kommt hinein, mit Ahnung): Mich? Der On . . . ?

Hoppe (erhebt den Kopf, sieht Ännchen mit einem langen Blick an, traurig): Das wird wohl wahr sein, Anna?

Ännchen (hat einen scheuen Blick auf den Kaplan, dann auf den Onkel geworfen, in einem Augenblick übergossen rot und totbleich, stürzt mit einem Schrei vor Hoppe zusammen): Onkelchen! On—kel—chen!

Schweigen.

Hoppe (ermannt sich, aus der Tiefe herauf): Deine Mutter, Anna! . . . Deine . . . Mutter! (Verbirgt den Kopf in den Händen.)

Ännchen (zu seinen Füßen, außer sich): Zertreten Sie mich, Onkelchen! . . . Zer . . . treten Sie mich!

Hoppe (sie betrachtend, erschüttert): Das hast Du mir angethan? . . . Hab' ich das verdient um Dich?

Ännchen (halbaufgerichtet, mit gesenktem Kopf): Geben Sie mir einen Fußtritt, Onkelchen, dann bin ich aus der Welt! Warum bin ich geboren? (Schluchzt krampfhaft.)

Kaplan (hat während der Scene am Fenster gestanden, verbissen): In Sünden geboren und in Sünden wieder empfangen! O ewige Vergeltung!

Hoppe (hat die letzten Worte gehört, fest): Steh auf, Anna! Vor Gott wirf Dich in den Staub! Nicht vor mir! (Hebt sie auf.) Und jetzt ruf' mir Hans! Ich will mit ihm Rechnung halten.

Ännchen (schluchzend): Ich kann ja von Hanschen nicht lassen! Sagen Sie lieber Alles auf mich, Onkelchen! Auf mich! Hanschen hat ja ein so weiches Herz! Er kann das ja garnicht ertragen! Ich bin ja an Allem Schuld! Ich bin ihm ja so gut, Onkelchen! So gut! Thun Sie ihm bloß nichts! Thun Sie lieber **mir** was!

Hoppe (bitter): Ja, Hans! Dem ich entgegengekommen bin wie einem Sohn! Dem ich vertraut habe, wie mir selbst! Geh' und ruf' ihn! Ich will mit ihm sprechen!

Annchen (entsetzt mit erhobenen Händen): Onkelchen!

Hoppe: Hol' ihn und sei ruhig! Es wird nichts geschehen! Du siehst, ich bin ganz ruhig.

Annchen (wendet sich zum Gehen, zusammengebrochen, schluchzend.)

Kaplan (tritt ihr in den Weg): Noch einen Augenblick, Pannie! Jetzt wollen auch wir Abrechnung halten. (Zieht seinen Brief aus der Tasche): Hier halte ich den Brief von der Schwester Oberin in meiner Hand. Die Stätte war bereitet für Sie. Ich habe so schön gehofft. (Erschüttert): Ich habe den heißen Wunsch getragen. Ich bin betrogen. So zer r e i ß e ich den Brief. (Thut es.) Sie sind unwürdig einzugehen!

Annchen (zum Gehen gewandt): Ach, Herr Kaplan, jetzt ist ja **doch** Alles vorbei. Jetzt können Sie schon thun, was Sie wollen. (Mit gesenktem Kopf ab.)

Kaplan (ihr nachrufend): Vorbei, Pannie, auch zwischen uns! Suchen Sie einen andern Beichtvater, der Sie absolvieren wird. Nicht mich! (Will ebenfalls hinaus.)

Hoppe (hat sich erhoben): Noch ein Wort, mein Verehrtester. Was hat das mit dem Brief für eine Bewandtnis? Erklären Sie mir das doch näher.

Kaplan (ihm gegenüber): Ich habe Sorge getragen für das Seelenheil Ihrer Nichte, Herr Pfarrer. Ich habe gedacht, sie soll sich als ein freiwilliges Opfer darbieten für die Schuld ihrer Mutter. Ich habe geschrieben gehabt an die Oberin in Breslau. Sie hat zugesagt gehabt. Es wäre besser gewesen, als so wie jetzt!

Hoppe (sich aufrichtend, mit ungewohnter Härte): Und das thun Sie hinter meinem Rücken? Ohne daß ich ein Wort davon weiß? Ich muß mich doch sehr wundern über Sie, Herr Kaplan. Jetzt wird mir auch begreiflich, wie das arme Kindchen garnicht hin- und hergewußt hat. Schließlich hat sie sich dem ersten, der kam, an den Hals geworfen. Wissen Sie auch, mein Lieber, daß Sie das Kind auf dem Gewissen haben?

Kaplan (scharf): Ich wälze alle Schuld ab. Ich stehe rein da. Ich habe das Beste gewollt. Wäre nach mir gegangen, nichts wäre geschehen. Aber Sie, Herr Pfarrer! Was haben Sie gethan? Sie haben den Leichtsinn aufwuchern lassen, der in dem verwilderten Blute gekeimt hat. Sie haben alle Warnungen überhört. Sie haben selbst ein Beispiel gegeben in Lässigkeit .. und Weltlichkeit . . . .

Hoppe (zornrot, mit einem Ausbruch jahrzehntelang gedämpfter Kraft): Was erlauben Sie sich, Sie junger Mensch?! Mir altem Mann wollen Sie sagen, wie ich zu leben habe? Was ich zu thun und zu lassen habe? Im kleinen Finger habe ich mehr durchgemacht, als Ihr Kopf bis jetzt fassen kann. Ich habe meinen Kampf durchgefochten, als Sie noch garnicht geboren waren! Meinen Kampf mit der Welt und mit mir selbst, den Sie erst vor sich haben. Fechten Sie ihn erst durch, wie ich! Und Sie wollen mir Vorschriften machen? Meinen Sie, daß ich Ihretwegen umkrempeln soll, was ich bis jetzt gewesen bin? (Mit geballten Fäusten): Wissen Sie auch, daß das alte Bauernfäuste sind? Daß ich Sie zermalmen kann, wenn ich Sie in meine Finger kriege?

Kaplan (mühsam verhalten): Vergreifen Sie sich an mir, Herr Pfarrer! Warum thun Sie es nicht?

Hoppe: Weil ich Mitleid habe mit Ihrer Unerfahrenheit! Ihretwegen wird die Welt nicht einen Zoll breit aus ihrem Geleise gehen. Das werden Sie nochmal erfahren. Dann denken Sie an den alten Hoppe, der Ihnen das heute mal auf deutsch gesagt hat, Sie Popolsko! Und jetzt denk' ich, trennen wir unsere Wege! Sie dort (zeigt auf die Thür) und ich hier!

Kaplan (wendet sich): Ich werde gehen, Herr Pfarrer. Meine Sachen werden schnell gepackt sein. Ich werde Sie von meinem Anblick befreien.

Hoppe (kehrt ihm den Rücken, geht zum Fenster).

Kaplan (geht zur Thür, begegnet Hans, der grade hinein will. Beide stehen sich einen Augenblick gegenüber und messen sich. Dann wendet sich der Kaplan mit einem verächtlichen Blick und geht hinaus).

Hans (der den Blick ausgehalten hat, kommt näher, steht unschlüssig).

Schweigen

Hans (gedämpft, aber fest): Hier bin ich, Onkel Hoppe.

Hoppe (dreht sich vom Fenster um, betrachtet Hans mit einem langen Blick, vor dem Hans die Augen niederschlägt, nach einem Augenblick schmerzlich): Also dazu bist Du hergekommen, Hans!

Hans (verwirrt): Onkel Hoppe, ich ... ich ... wollt ja nicht, ich .... (Schweigt achselzuckend, über und über rot.)

Hoppe: Komm mal her, Hans, sieh mich an! Schlägt Dir nicht Dein Gewissen etwas?

Hans (vor ihm, zerknirscht): Verzeih mir Onkel Hoppe! Ich ... (Beugt sich über seine Hand, um sie zu küssen.)

Hoppe: Siehst Du Dein ganzes, schweres Unrecht ein? Oder bist Du noch zu jung dazu?

Hans (verzweifelt): Onkel Hoppe, ich weiß ja Alles. Aber wir sind uns ja so gut! Wir .... wir ... Ich bin ja Annchen so gut! Ich kann sie ja garnicht ... Wenn Du bloß wüßtest!

Hoppe (herb): Und das beweisest Du dadurch, daß Du Deine Cousine für immer unglücklich machst?

Hans (aufgeregt): Ich will sie ja nicht unglücklich machen. Ich will ja Alles .... Ich will ja hier bl .... Ich hab' mir das ja nicht so gedacht Alles ....

Hoppe: Was hast Du Dir nicht gedacht? Sag' mal, Hans, Du bist doch ein großer Mensch, angehender Student. Was hast Du Dir nicht gedacht?

Hans (ruhiger): Ach, ich denk', Onkel Hoppe, wenn man Einen lieb hat, dann denkt man nicht so an

Alles . . . Dann ist Einem schließlich Alles gleich . . . Dann . . . (Leidenschaftlich): Ach, wenn ich bloß sagen könnte, wie furchtbar lieb ich Anna . . . Ich hab' sie ja grad' erst recht lieb . . . . Ich . . . Ach, was soll man viel darüber sagen!

Hoppe: So? Also man denkt dann nicht an Alles. Und weißt Du, was ich denke? Ich denke, man denkt dann erst recht an Alles! Das sind eben die Verschiedenheiten im Denken zwischen uns.

Hans (halb trotzig): Ich kann mich eben nicht so beherrschen! Wir sind eben nicht Alle gleich! Ich . . . Ich bin doch schließlich 'n junger Mensch! Ich kann nicht so sitzen und ruhig sein, wenn ich Einem gleich um 'n Hals fallen möchte! Wenn ich Einen gleich zerdrücken möchte!

Hoppe (ernsthaft): Ja, mein lieber Hans, um so schlimmer für Dich, wenn Du Dich nicht beherrschen kannst! Wohin willst Du da kommen im Leben? Ich bin doch auch mal jung gewesen, aber das . . . Ich hab' doch auch mein beschriebenes Blatt, wenn's auch schon ein bischen vergilbt ist.

Hans: Das wird dann eben ein anderer Fall gewesen sein, Onkel Hoppe.

Hoppe (ruhig): Ja, der Fall war ganz gewöhnlich, mein lieber Freund. So romantisch angehaucht waren wir noch nicht, wir Ihr jungen Leute. Ich war Student, grad' so wie Du. Aber freilich älter. Zu meiner Zeit machte man das langsamer und später. Wir kannten uns von Kind an. Siehst Du, ganz ähnlich, Hans, wie Du mit Anna. Und wir sind uns auch sehr gut gewesen, glaub' ich. Aber so haben wir's doch nicht getrieben. Wir haben uns in Geduld gefaßt und gewartet.

Hans (seltsam gestimmt): Und was ist daraus geworden, Onkel Hoppe? Warum bist Du dann Geistlicher geworden?

Hoppe (ruhig): Nichts ist daraus geworden, mein lieber Hans. Die Sache wurde ihr zu lang. Geld hatte ich auch keins. Schließlich heiratete sie, und ich saß da. Meinen eigensinnigen Kopf habe ich immer gehabt. Ich warf das Seciermesser fort und wurde Geistlicher. Ich glaube wahrhaftig, ich habe mich damit rächen wollen in meiner Dummheit damals. Na, es hat ja glücklicherweise Keinem geschadet. Weder mir, noch ihr. (Humoristisch): Aber weißt Du auch, Hans, wer meine Angebetete von damals gewesen ist? Na rat' mal!

Hans (nachdenklich): Ich weiß nicht, Onkel Hoppe. Wer denn?

Hoppe (lächelnd): Das ist Deine liebe Mutter gewesen, Freundchen. Das kannst Du Dir doch denken!

Hans (erschüttert): Meine ... Mutter?

Hoppe (ruhig): Deine Mutter!.. Siehst Du, mein lieber Hans, daß ich Dein Vater sein könnte? Ich kann sagen, darum hab ich Dich auch so aufgenommen, wie meinen Sohn. Darum bin ich vertrauensseliger gewesen, als ich verantworten kann. Und das hat mir der Sohn meiner Emma sehr schlecht vergolten.

Hans (verzweifelt): Onkel Hoppe, ich hab' ja nicht schlecht gegen Dich sein wollen. Ich hab' ja Alles nur gethan, weil ich . . . weil ich Anna so wahnsinnig gern hab! (Setzt sich, stöhnt leise.)

Hoppe (fortfahrend, schmerzlich): Was mich besonders kränkt, daß mir das Unglück zum zweiten Mal von Eurem Hause kommen muß. Deine Mutter hat mich um meine Lebenshoffnung betrogen. Ich trag' ihr das nicht nach. Das liebe Kindchen wird nicht anders gekonnt haben. Ich bin ja auch ganz zufrieden geworden in meinem Beruf. Ich habe mich abgefunden. Die Familie, die ich nicht habe finden sollen, für die habe ich mir einen kleinen Ersatz geschafft, dadurch, daß ich Anna und Amandus zu mir nahm. Es war Alles ganz gut und vergessen. Und jetzt nach 25 Jahren kommt der Sohn meiner Jugendliebe und thut mir das an! Nimmt mir zum zweiten Mal meine Hoffnung! Meine Stütze, wenn ich alt und schwach bin. Macht mir meine Nichte unglücklich! Mein Kind! Mein Alles! . . . . Das kann ich nicht so leicht verwinden! (Stützt den Kopf in die Hände.)

Hans: Ich will sie nicht unglücklich machen! Ich werd' ja Alles thun, was ich kann! Onkel Hoppe, sei doch nicht so! Es war doch nicht aus Schlechtigkeit! Meinetwegen soll Annchen nicht unglücklich werden!

Schweigen.

Hoppe (hat sich wieder gefaßt, ruhig): Und wie denkst Du Dir denn die Zukunft? Wie soll das werden?

Hans (eifrig): Wir haben das schon besprochen, Onkel Hoppe. Ich bleib' hier und . . . .

Hoppe (fast lächelnd): So? Du bleibst hier? Und Deine Eltern? Und Dein Studium?

Hans: Ja, an meine Eltern kann ich jetzt nicht denken. Anna geht jetzt vor.

Hoppe: Hm... Und was willst Du hier machen?

Hans (verlegen): Ich ... Ich ... (Zuckt mit den Achseln.)

Hoppe: O Du Romantiker! Sag' mal, was willst Du hier machen! Du mußt doch einen Beruf haben. Ihr könnt Euch doch nicht bloß immer herzen und küssen.

Hans (rot werdend): Ich denk', Onkel Hoppe, ich kann die Wirtschaft lernen hier oder sowas. Später ......

Hoppe: So? Und Deine Eltern? Hast Du auch schon gedacht, was Deine Eltern sagen werden? Ueberhaupt zu dem Allen? Deine Mutter?

Hans (senkt den Kopf, schweigt.)

Kurze Pause.

Hoppe (geht zu ihm, legt ihm die Hand auf die Schulter): Nein, mein lieber Hans, jetzt will ich Dir einen Vorschlag machen und hoffentlich einen bessern. Du gehst zur Universität und fängst Dein Studium an, ganz so, wie Deine braven Eltern und Du selbst mit Dir vorgehabt hast. Und zwar heute noch fährst Du ab ....

Hans (sich aufrichtend, entschieden): Nein, Onkel Hoppe, davon kann keine Rede sein. Anna im Stich lassen kann ich nicht! ... Und wenn ich gleich ....! Lieber schieß ich mich tot!

Hoppe: So leicht schießt sich das nicht, mein Freundchen. Du sollst sie auch nicht im Stich lassen.

Wenn Du etwas weiter in Deinem Studium bist, dann sollst Du wiederkommen. Dann wollen wir weiter darüber sprechen.

Hans (betrübt): Ja, Onkel Hoppe, das wollen wir.

Hoppe (ihn ansehend): Und wenn Du ein Mann von Ehre bist, dann kommst Du auch wieder. Oder willst Du nicht, Hans?

Hans: Gewiß will ich wiederkommen, Onkel Hoppe. Aber warum muß ich denn heute schon fahren? Wenigstens noch bis morgen.

Hoppe (energisch): Keine Stunde länger! Ich kann das unter keinen Umständen dulden! Jetzt werd' ich Anna rufen. (Wendet sich.) Dann sagt Euch Adieu und macht's kurz. Ihr müßt Euch in Euer Schicksal fügen. An Dir wird's liegen, Hans, ob Ihr Euch wiederseht oder nicht. Jetzt werd' ich den Wagen bestellen. In einer halben Stunde fährst Du.

Hans (bittend): Onkel Hoppe!

Hoppe (ruhig): Keine Widerrede! (Oeffnet die Thür.) Anna, bist Du da? Komm mal her, Anna! (Schiebt Anna zur Thür hinein.) Jetzt sagt Euch, was Ihr Euch noch zu sagen habt. Unterdes spannt der Wagen an. (Ab.)

Annchen (mit großen verstörten Augen, angstbleich): Der Onkel läßt anspannen?! Hanschen, Du fährst! Du fährst! (Stützt sich auf den Tisch, schluchzt bitterlich.)

Hans (sie streichelnd): Aber Annchen, hör' doch! Ich komm' ja wieder! Wahrhaftig! Ich komm' ja wieder!

Annchen (untröstlich): Ich hab' das gleich gewußt, Du bleibst nicht! Ich hab' das ja gesagt! Jetzt ist Alles aus!

Hans (unter Thränen): Annchen! Einzigstes! Du mußt uns nicht noch die letzten Augenblicke schwer machen! Du weißt ja nicht, was ich mit dem Onkel … Ich will ja bloß was werden! Dann komm ich ja!

Annchen: Und ich bleib' hier mit dem Kaplan! Und dem Onkel kann ich nicht ins Gesicht sehen. Und wer weiß, was noch kommt …!

Hans: Der Kaplan kann Dir nichts thun. Ich werd' dem Onkel schon sagen. (Vor ihr, blickt ihr in die Augen.) Annchen, sei mir nicht bös', daß ich gehen muß! Ich kann ja nicht anders. Der Onkel will ja! Sag' mir! Ja?

Annchen (an seiner Brust): Hanschen, wir sehen uns nicht wieder!

Hans (krampfhaft): Anna! Anna!

Annchen (eintönig): Du kommst in die Welt! Du wirst mich vergessen! Und ich ….

Hans (zärtlich fest): Ich werd' Dich **nicht** vergessen, Anna! Ich bin ja 'n ganz andrer Mensch geworden in den paar Tagen. Ich fühl' mich viel älter! Viel … Glaub mir!

Annchen: Aber ich werd' Dich nie vergessen! (Zieht seinen Kopf zu sich.) Jetzt mußt Du mir noch einmal Dein Gesicht zeigen, Hanschen. Deine blauen Augen. (Betrachtet ihn unverwandt): Du weinst, ja, Hanschen. Wein' **nicht**, mein Engel! (Beide pressen sich stumm an einander.)

Annchen (lauschend): Hörst Du, Hanschen, jetzt

wird der Wagen rausgeschoben. Jetzt ist gleich Alles zu Ende . . .

Hans (sie umschlingend): Mein Glück! Mein . . . . .!!

Amandus (mit dem Teschin in der Hand, erscheint draußen im Garten vor dem Fenster, glotzt hinein.)

Annchen (bemerkt ihn, macht sich von Hans los): Hanschen, da steht Amandus draußen! Laß er doch weggehen!

Hans: Ach, Annchen, laß ihn doch stehen!

Annchen (hartnäckig): Nein, er soll da nicht stehen. Er ist ganz schlecht! Ich will garnichts von ihm sehen.

Amandus (fletscht die Zähne, spielt mit seinem Teschin.)

Hans (nähert sich dem Fenster, ruhig): Amandus, willst Du nicht vom Fenster weggehen?

Amandus (mit weißglitzernden Augen, frech, herausfordernd): Steh ich hier!

Annchen: Er soll nicht zusehen, wie wir uns Adieu sagen. Ich will das nicht haben, Amandus!

Hans (erregt): Willst Du jetzt weg, Amandus?

Amandus (brüllend): Hund fremde! Schieß' ich tot! (Legt blitzschnell sein Teschin an.)

Annchen (mit furchtbarem Schrei): Amandus! (Wirft sich dazwischen.)

Amandus (hat im nächsten Augenblick abgedrückt. Ein gedämpfter Knall.)

Annchen (aufschreiend): O mein Heiland! (Sinkt zusammen, faßt sich nach der Brust.)

Amandus (wirft das Teschin weg. Mit wahnsinnigem Gebrüll): Tot! Tot! Mausetot! (Stürzt weg.)

Hans (über ihr, wahnsinnig): Anna! Was...!! Aan—na! Aaan—na! (Springt kopflos auf, macht allerhand zusammenhanglose Geberden.)

Annchen (schwach): Bist Du... heil, Hänschen?

Kaplan (tritt von außen ein, im Reiseanzug, sieht im ersten Augenblick nicht): Ist der Herr Pfarrer... Gnädiger Gott! Pannie! Was ist hier... (Sieht Hans an, stürzt zu Annchen.)

Hans (wahnsinnig hin und her): Er hat sie erschossen! Der Mensch! Der Verrückte! Ich mord' ihn ja! Ich... Mein...!! (Bei Annchen): Annchen, stirb nicht!... Barm—herzigkeit! Sie stirbt ja! (Aufspringend.)

Hoppe (hineinstürzend): Was hat Anian...? (Zu Annchen): Annachen! Annachen! (Stöhnend.) Mein Kindchen!... (Hinausrufend): Zum Doktor! Zum Doktor!

Kaplan (hat sich mit Annchen beschäftigt, richtet sich auf): Menschliche Kunst wird zu spät sein.

Hans (stößt den Kaplan weg): Sie nicht! Ich! Ich! (Sucht die Wunde zuzuhalten.)

Kaplan (gedämpft): Jetzt wollen wir an die unsterbliche Seele denken, daß sie nicht auf ewig verloren geht. (Beugt sich über sie mit gefalteten Händen): Pannie, bereuen Sie?

Annchen (streckt ihre Arme nach Hans aus.)

Kaplan (lauter): Pannie! Als Ihr Beichtvater... In Ihrer Todesstunde! Bereuen Sie?

Annchen (hat ihre Arme um Hans gelegt, nickt mit erlöschendem Bewußtsein.)

Hans (hält sie umfangen, sucht sich gewaltsam zu beherrschen.)

Kaplan (sucht Hans von ihr loszumachen): Pannie, lassen Sie ab!

Hoppe (hat sich vom Stuhl erhoben, tritt dazwischen, schiebt den Kaplan beiseite): Ehe es zu spät ist, Herr Kaplan! Deine Sünden sind Dir verziehen, mein Kind! Deinde te absolvo. Geh hin in Frieden! (Murmelnd): Grüß Jettchen und die Andern! (Muß sich hinsetzen.)

Annchen (sinkt zurück. Ein krampfhaftes Aufatmen. Der Körper liegt starr).

Hans (mit einem furchtbaren Schrei): A—us! (Wirft sich krampfhaft schluchzend über sie.)

Vorhang.

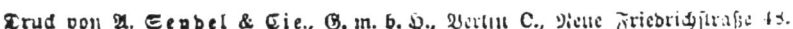

Druck von A. Seydel & Cie., G. m. b. H., Berlin C., Neue Friedrichstraße 43.